Mariella Bach

November Melodie

Die Covet Ranch

Ungeplant & Undercover

„Nur mit den richtigen Menschen werden Momente zu den Kostbarkeiten, die wir Erinnerungen nennen!"

Bibliografische Information der Deutschen Nationalbibliothek: Die Deutsche Nationalbibliothek verzeichnet diese Publikation in der Deutschen Nationalbibliografie, detaillierte bibliografische Daten sind im Internet über dnb.dnb.de abrufbar,

Herstellung und Verlag:
BoD – Books on Demand, Norderstedt

ISBN: 978-3-7557-6033-7

Mariella Bach

Ungeplant

&

Undercover

"Was sollen wir in Las Vegas, Cleo?"

„Wie stellst du dir das vor?"

„Toll, stelle ich mir das vor - Sonne, Cocktails, Shopping, Casinos, leckeres Essen ..."

Annrike und Antonia starrten ihre Freundin an, die voller Passion ihren Plan unterbreitete.

„Zwei Wochen nur wir drei Mädels. Kommt schon! Lasst uns doch etwas Verrücktes tun! Spontan sein!"

„Und wann möchtest du dann *spontan* fliegen?", fragte Antonia mit dem Rotweinglas in der Hand.

„Nächsten Monat!"

„Nächsten Monat!", quiekte Annrike fassungslos.

„Ja! Warum nicht!"

„Wie wäre es mit einem entspannten Wellness-Wochenende?"

Antonia versuchte, wie so oft, einen Kompromiss zu finden, doch Cleo verschränkte trotzig die Arme über der Brust.

„Nein, Toni. Das reicht mir nicht! Ich möchte mit euch nach Vegas!"

Sie klang wie ein störrisches Kleinkind. Ihr Gesichtsausdruck war so ernst und unnachgiebig, dass Annrike und Antonia stutzig wurden.

„Ist alles in Ordnung, Cleo?"

Mit einem Schlag verfinsterte sich Cleos Miene. Sie sah müde aus und ihr Hautton wurde fahl.

„Nein, nichts ist in Ordnung!"

Die hübsche, dunkelhaarige Frau leerte ihr Weinglas, welches noch zur Hälfte mit dem schweren Rotwein gefüllt war, in einem Zug.

„Ach, scheiße ist es!"

Dicke Tränen flossen über Cleos Wangen.

„Was ist los, Liebes?"

Antonia griff beunruhigt nach der Hand ihrer Freundin.

„Du weißt doch, wir sind für dich da!"

„Ich bitte euch, mit mir, wundervolle, einmalige, vierzehn Tage in Las Vegas zu verbringen, weil es einer der letzten Punkte auf meiner Liste ist."

Sie atmete schwer.

„Welche Liste, Cleo?"

„Bei mir wurde ein bösartiger Eierstocktumor diagnostiziert. Mir bleiben im besten Falle noch sechs Monate! Deshalb habe ich eine Liste, mit den Dingen, die ich unbedingt mit euch noch erleben möchte."

Die Nachricht hatte sie kalt und unbarmherzig erwischt! Ausgerechnet Cleo, die stets vor Enthusiasmus und Lebensfreude strotzte! Antonia und Annrike konnten es nicht fassen. Es war nahezu unbegreiflich! Zuerst hatten sie wirklich gedacht, ja gehofft, Cleo mache einen deplatzierten, geschmacklosen Scherz und würde spätestens am Abreisetag sagen:

‚Anders hätte ich euch nicht von der Arbeit wegbekommen…'

Doch dem war nicht so. Diesmal war es bitterer, schrecklicher Ernst. Antonia schossen bei dem Gedanken schon wieder Tränen in die Augen. Die Freundinnen kannten sich seit der Grundschule. Sie waren ein unzertrennliches Trio, egal wie verschieden sie waren, oder was in den letzten Jahren geschehen war.

Cleo Hoffmeister, die charmant chaotische Schauspielerin. Annrike Liebhoff, die konsequente, gradlinige Anwältin und Antonia von Jarau, die empathische, idealistische Balletttänzerin. Das Leben war ungerecht!

Antonia hatte wirklich allmählich von den schlechten Nachrichten, den Schicksalsschlägen, die Nase voll. Nach dem Tod ihres Ex-Mannes dachte sie, es könnte nicht mehr schlimmer werden, doch nun wurde sie eines Besseren belehrt.

Antonia sah zu Cleo, die am Fenster saß und völlig fasziniert hinausblickte, während der Flieger an Höhe verlor und zum Zwischenstopp in Chicago ansetzte. Schnell zog Antonia ein Taschentuch aus ihrer Hosentasche und schniefte leise hinein.

„Alles ok, Toni?", fragte Annrike leise.

Sie zuckte mit den Schultern und zog eine Grimasse. Annrikes grüne Augen bekamen einen traurigen Ausdruck und sie nickte ahnungsvoll. Würden sie Cleo die 14 Tage Urlaub schenken können, die sie sich wünschte, oder überwogen die Sorgen und unheilvollen Gedanken, die zu dieser Reise führten. Irgendwie mussten sie es hinbekommen, nicht ständig an Cleos Krankheit zu denken.

***

„Möchte von euch jemand auch einen Kaffee, oder ein Wasser?"

Sie warteten auf ihren Anschlussflug, bummelten durch die kleinen Flughafenläden und nun saßen sie schon geraume Zeit einfach nur da und harrten der Dinge. Die Zeitverschiebung nach Deutschland machte sich mehr und mehr bemerkbar und das Bedürfnis nach einer Dusche und einem Bett wurde immer prägnanter.

„Kaffee klingt super! Sollen wir mitkommen?"

„Nein, ich bin gleich wieder da."

Cleo verschwand kurz darauf zwischen den hin- und hereilenden Menschen. Annrike gähnte hinter vorgehaltener Hand und rieb sich über die Augen.

„Ich muss mich bewegen, sonst schlafe ich hier im Sitzen ein!"

„Tu das, ich warte auf Cleo mit dem Kaffee!"

Gerädert seufzte Antonia, stand auf, strich den weichen Stoff ihrer Hose glatt und ging zum Fenster, um auf das Vorfeld zu blicken. Sie streckte sich, kreiste ein paar Mal mit ihren Schultern und hörte das Knacken ihrer Nackenmuskulatur, löste das Haarband und ließ ihre langen, dichten, blonden Locken glänzend über ihren Rücken fallen. In kreisenden Bewegungen massierte Antonia müde die schmerzende Kopfhaut, machte dann auf dem Absatz kehrt, um zu ihren Freundinnen zurückzukehren. Ihr Blick traf sich mit dem eines dunkelhaarigen Mannes, der sie interessiert beobachtete. Antonia fühlte ihre Wangen heiß werden und sie eilte schleunigst zu ihrem Sitzplatz.

„Wieso bist du denn so rot im Gesicht?"
Annrike runzelte verblüfft die Stirn, als sich Antonia in einer hastigen Bewegung neben sie plumpsen ließ.
„Ich wurde von einem Mann angestarrt."
Während Antonia förmlich auf ihrem Stuhl versank, reckte sich Annrike interessiert und sah sich suchend um.
„Wer denn? Von welchem denn? Sah er gut aus?"
„Ann! Hör auf!"
Peinlich berührt zog Antonia am Arm ihrer Freundin.
„Hier ist der Kaffee!"
Gerade im richtigen Moment kehrte Cleo zurück.
„Bitteschön!"
„Toni wurde von einem Mann angestarrt!", verkündete Annrike ungeniert.

„Nein! Wer wars?"

Cleo sprang auf, so dass die dunklen Haare ihres Pagenschnittes um ihr feines Gesicht wirbelten, als sie den Kopf in alle Richtungen drehte.

„Ihr seid so peinlich!"

Antonia versuchte sich hinter ihrem Kaffeebecher zu verstecken.

„Sah er gut aus?"

„Das habe ich auch gefragt!", kicherte Annrike.

„Ja, und?"

„Weiß nicht, ich habe nur kurz hingesehen.", murmelte Antonia.

„So wird das nichts! Bevor ich sterbe, wäre es schön zu wissen, dass ihr beiden wieder glücklich vergeben seid."

„Ach, Cleo – echt jetzt!"

***

Irritation und Verwirrung lag in ihrem Blick und sie verschwand zwischen den anderen Reisenden. Ehe er ihr ein Lächeln schenken konnte, war sie fort.

Genervt hatte Lucian den Stapel Dokumente in seine braune Aktentasche gepackt. Kolja und Josh saßen ihm gegenüber und starrten konzentriert auf ihre Laptops. Müde rieb sich Lucian über sein Gesicht und seinen dunklen Bartschatten. Während er überlegte, ob er sich einen Kaffee holen sollte, wurde er durch eine Bewegung am Fenster abgelenkt. Es war eine schlanke, blonde Frau, die anscheinend mit Reisebeschwerden und Jetlag zu kämpfen hatte. Lucian sah zu wie sie sich streckte und versuchte, ihre Muskeln zu lockern. Mit einer zügigen, routinierten Bewegung löste sie ihren geflochtenen Haarzopf und gab damit ein Meer an glänzenden, blonden Locken frei. Die Sonne glitzerte in ihren hellen Strähnen und er konnte sich daran nicht sattsehen. Auch wenn er nur ihren Rücken sah, war es Faszination, die von dieser Frau ausging. Ihre grazilen Bewegungen, ihre aufrechte Haltung und schlanke, aber feminine Figur. Als spürte sie Lucians Blick, drehte sie

14

sich unverhofft in seine Richtung und ihre klaren Augen blickten ihn irritiert und entgeistert an. Lucian reagierte zu langsam und nun war sie fort.

Schade, ein kleiner Flirt hätte seine Laune verbessert, so konnte er nur seinen Gedanken nachhängen, wohin die schöne Unbekannte unterwegs war, welchen Grund ihre Reise hatte, etc.

„Hast du schon Informationen zu unserer Zielperson?"

Lucian schreckte aus seinen Grübeleien, als Kolja ihn ansprach und ihm einen heißen Becher Kaffee unter die Nase hielt.

„Nein, noch nichts. Ich bin froh, wenn der Fall ad acta gelegt ist."

***

Der nächtliche Landeanflug auf Las Vegas war spektakulär! Die Stadt spielte zu dieser Tageszeit ihren größten Trumpf aus – das glitzernde Lichtermeer. Überwältigt klebten Ann und Antonia an dem winzigen Flugzeugfenster und starrten gebannt hinaus. Cleo, die ein paar Reihen hinter ihren Freundinnen saß, war in ein Gespräch mit ihrem Sitznachbarn vertieft und bekam von diesem Spektakel nichts mit.

Kaum war die Parkposition erreicht, wurden die Türen geöffnet und die ersten Passagiere drängten von Bord. Antonia und Annrike schlossen sich dem Menschenstrom an und warteten am Gepäckband auf die Dritte im Bunde. Diese kam in Begleitung ihrer neuen Bekanntschaft in Sicht, lachte vergnügt, verabschiedete sich schließlich überschwänglich und kam breit grinsend auf ihre Freundinnen zu.

„Nicht schlecht!", kommentierte Annrike.

„Wenn ich einen Beachboy beschreiben müsste, dann würde dein Sitznachbar definitiv als Anschauungsmaterial fungieren."

„Schon, oder! Josh ist der Hammer!"

Cleos Augen strahlten.

„Josh, heißt er. So, so!"

Antonia trug ein Lächeln im Gesicht und blickte in die Richtung, in die Josh steuerte. Er gesellte sich zu zwei Männern. Einer davon sah eher beiläufig in die Richtung der Freundinnen. Tonis und sein Blick trafen sich und sie konnte es nicht fassen:

„Versucht jetzt nicht so offensichtlich hinzusehen, aber deine neue Reisebekanntschaft steht bei dem Typen, der mich in Chicago angestarrt hat. Und jetzt schon wieder!", informierte Antonia konsterniert.

„Echt? Wo?"

Hastig reckten Ann und Cleo ihre Hälse und suchten den Flughafenbereich ab und entdeckten die Männer.

„Schade, der Dritte dreht uns den Rücken zu. Ein wirklich muskulöser Rücken…", sinnierte Annrike grinsend.

„Können wir nicht einfach unser Gepäck nehmen und ins Hotel fahren?!", verdrehte Antonia gereizt die Augen.

„Ich habe Joshs Handynummer. Wir wollen uns in den nächsten Tagen auf einen Drink treffen. Vielleicht haben die anderen beiden auch Lust auf ein Treffen!", erklärte Cleo mit einem unschuldigen Augenaufschlag.

„Cleo, du bist wirklich unverbesserlich!"

***

„Das kann nur ein schlechter Scherz sein!"

Lucian hielt Kolja sein Mobiltelefon unter die Nase, auf dem das Foto der Zielperson zu sehen war.

„Wenigstens werden wir kein Problem haben, Kontakt herzustellen, nachdem Josh sich schon unbewusst darum bemüht hat. Du musst zugeben, wir hatten schon eindeutig ‚hässlichere' Aufträge."

„Das stimmt allerdings!", zog Josh eine amüsierte Grimasse.

Lucian fand den Kontext, mit dieser neuen Info, mehr als problematisch und suchte den Ankunftsbereich nach den drei Frauen ab. Ausgerechnet diese bildeten den Inhalt des neuen Ermittlungskurses. Er fühlte sein Herz stolpern, als sein Blick mit dem der blonden, eleganten Frau kollidierte. Jetzt hatte Lucian Klarheit, wohin die Reise der Frau ging, die ihm schon in Chicago aufgefallen war und das, zu einem bitter süßen Preis.

Während Kolja Josh über die neuesten Entwicklungen informierte, ermahnte sich Lucian selbst zur Professionalität. Sie hatten schon zu viel Stunden an

Arbeit investiert, um sich nun von persönlichen Eindrücken, oder Gefühlen leiten zu lassen. Trotzdem riskierte er noch einen letzten Blick, aber die drei Frauen hatten den Flughafen bereits verlassen.

***

Antonia schreckte aus einem sehr unruhigen Schlaf auf. Erschöpft musste sie sich orientieren, wo sie sich befand. Sie hatte schrecklich geschlafen. Ständig war sie aufgewacht und hatte sich hin und her gewälzt, was wohl hauptsächlich an der Zeitverschiebung lag, aber auch an den unbekannten Geräuschen und dem fremden Bett.

Sie drehte sich zum Fenster. Durch den schmalen Spalt des dichten Lichtschutzes fielen Sonnenstrahlen und zeichneten feine Streifen auf den beigen, flauschigen Teppich. Antonias Neugier begann sich zu regen und sie schwang motiviert ihre langen Beine aus dem breiten Bett. Sie lief auf die Lichtquelle zu, zog die schwere, dunkelblaue Gardine auf und sah hinaus. Die Poollandschaft des Hotels lag zu ihren Füßen und Antonia überblickte das Gelände, vom 17. Stock aus, problemlos. Der Entdeckergeist erwachte in ihr und sie hatte Lust auf einen starken, heißen Kaffee. Der Radiowecker zeigte 06.30 Uhr. Waren Cleo und Ann auch schon wach? Antonia griff nach ihrem Handy und schrieb den beiden:

‚Guten Morgen! Schon wach? Ich gehe auf die Suche nach einem Kaffee. Handy habe ich dabei!'

Zu dieser Tageszeit waren nur wenige Menschen im Hotel unterwegs. Einige hatten Kaffeebecher in der Hand, oder noch das Cocktailglas der durchzechten Nacht. Das Casino war größtenteils verwaist, auch wenn die Automaten immer noch lustig klimperten und blinkten. Vom Trubel und Glanz der vergangenen Nacht war kaum mehr etwas zu erkennen. Antonia freute sich darauf, diese besondere Stimmung, das ausgelassene Treiben, heute Abend auf sich wirken zu lassen. Gestern waren sie alle drei zu platt und müde, um es zu sehen, geschweige denn, zu erleben.

Antonia schlenderte neugierig an Geschäften und Souvenirläden vorbei, verweilte an den bunten Schaufenstern, als ihr Handy läutete.

„Guten Morgen!"

„Hi, Toni! Ich habe das Pool-Café entdeckt und sitze bei einer herrlich heißen Tasse Kaffee und einem frischen Orangensaft."

„Guten Morgen, Ann! Du sagtest Pool-Café? Ah, ich habe den Wegweiser dorthin entdeckt. Ich bin in wenigen Minuten bei dir!"

Antonia schob ihr Mobiltelefon ein, als sie aus dem Augenwinkel einen Mann erblickte, der ihrem Ex-Mann in Statur und Bewegung verblüffend glich. Sie schüttelte den Kopf über diesen Gedanken. Sebastian war tot!

„Schläft Cleo noch?"

„Ja, scheint so. Ich habe von ihr noch nichts gehört."

Genüsslich trank Antonia von dem heißen Kaffee und freute sich auf die belgische Waffel mit frischen Erdbeeren, die sie sich als Frühstück bestellt hatte.

„Hast du gut geschlafen?"

„Geht so. Und du?"

„Ich bin ständig aufgewacht. Ich fühle mich so gerädert, dass ich vorher einen Mann gesehen habe, der wie Sebastians Doppelgänger aussah."

„Oh! Manche, die nach Vegas kommen sehen Elvis, du deinen toten Ex-Mann!"

Sie lachten über den plumpen, aber amüsanten Scherz.

„Ich bin gespannt, was Cleo heute geplant hat. Hoffentlich übernimmt sie sich nicht."

„Wir dürfen sie nur nicht zu sehr bemuttern. Ich glaube, das möchte sie in diesem Urlaub am wenigsten."

„Aber ein bisschen aufpassen müssen wir schon. Ich sage nur ‚Josh'. Man weiß ja nie, was das für seltsame Typen sind."

„Da hast du recht. Dann wäre es vielleicht doch ganz ratsam, wenn wir bei dem Treffen dabei sind."

„Ich kann mir zwar nicht vorstellen, dass wir uns mit Joshs Freunden verstehen, aber ich würde gerne die Front zu der muskulösen Rückansicht kennenlernen."

Annrike nahm einen gespielt entrückten Gesichtsausdruck an und grinste.

Gerade als die Waffeln gebracht wurden, läutete Antonias Handy.

„Cleo? Guten Morgen!"

„Wo seid ihr?"

„Wir frühstücken im Pool-Café."

„Ok, ich bin gleich da."

Die Portion an belgischen Waffeln war schier unbezwingbar.

„Das wird mein Lieblingsfrühstück, auch wenn ich nach diesen zwei Wochen in kein Kleidungsstück mehr passe!"

„Unglaublich lecker!"

Genüsslich schob sich Cleo die letzte Erdbeere in den Mund und leckte sich die Fingerspitzen.

„Und - was möchtest du heute tun?"

Annrike und Antonia sahen ihre Freundin gespannt an.

„Ich möchte mich mit euch den kompletten Tag an den Pool legen. Blöd quatschen, Cocktails trinken und nach der langen Anreise ausruhen."

„Da bin ich dabei!"

„Absolut!"

Die Sonne stand hoch, doch im Schatten, unter den großen Sonnenschirmen war die sengende Wüstenhitze erträglich. Antonia legte sich nach ein paar Runden schwimmen auf ihre Liege, setzte sich die Sonnenbrille auf und bevor sie sich versah, war sie eingeschlafen. Als Annrike dies bemerkte sagte sie zu Cleo:

„Hat dir Toni erzählt, dass sie heute ‚Sebastians Doppelgänger' gesehen hat?"

Cleo schüttelte verdattert den Kopf.

„Ich dachte, sie hat mit ihm abgeschlossen. Der Typ hat keine einzelne Träne mehr verdient!"

„Das stimmt, aber ich kann verstehen, dass es problematisch ist, wenn der Partner, mit dem du so viele Jahre zusammengelebt hast, dann auf einmal tot ist."

„Das sicherlich und ich glaube, dass Antonia für ihn immer noch etwas empfindet. Gefühle kann man nicht einfach so abstellen."

„Hättest du das von Sebastian gedacht, dass er so ein Arsch ist?"

„Nein! Ich weiß nicht, wie ich reagiert hätte, wenn mich mein Mann nach 20 Jahren für eine Jüngere verlässt."

„Denkst du, er steckte in der Midlifecrisis?"

„Wahrscheinlich. Ich bin froh, dass er die Scheidung nicht zu einer Schlammschlacht werden ließ, sondern es eine gütliche Einigung gab."

„Er wird schon gewusst haben, dass er so eine tolle Frau wie Toni nicht mehr bekommt, die selbstlos hinter ihm steht, ihre Karriere zurückschraubt und seine Eskapaden akzeptiert. Toni hat es mehr als verdient, glücklich zu sein!"

„Solange sie sich aber nicht von Sebastian und den Gefühlen zu ihm löst, hat keiner eine Chance! Weißt du, ob sie seitdem mal wieder jemand gehabt hat?"

„Ich muss mein Leben erst einmal selber wieder in den Griff bekommen.", erklärte Antonia plötzlich.

Annrike und Cleo sahen ihre Freundin betreten an.

„Toni, wir dachten du schläfst."

„Habe ich auch, aber einen Teil eures Gespräches habe ich mitverfolgt."

„Dann hast du auch gehört, dass Sebastian ein Vollidiot war, so eine Frau wie dich aufzugeben!"

„Lieb von euch, aber können wir das Thema wechseln?"

Antonias Gesichtsausdruck verriet, dass sie nicht weiter darüber sprechen wollte. Sie setzte sich auf, schob sich die Sonnenbrille in ihre Haare und band sich ihren pinken, mit silbernem Lurexgarn durchzogenen Pareo um ihre schmale Hüfte.

„Auch jemand Lust auf Piña Colada?"

„Au, ja!"

„Du auch, Cleo?"

Diese nickte. Antonia erhob sich elegant von der Liege, schlüpfte in ihre Flip-Flops und ging Richtung Getränkebar.

Bedröppelt blickten Cleo und Annrike ihr nach.

„Denkst du, sie ist sauer?", zog Cleo ihre Nase kraus.

„Nein, aber wir sollten wohl etwas sensibler mit unseren Aussagen sein. Schließlich können wir Langzeitsingles nicht unbedingt dem Nachfühlen, was in Antonia vorging und auch noch vorgeht."

Es dauerte, ehe Antonia an der Reihe war, die Cocktail-Bestellung aufzugeben. Sie kehrte mit den Bechern in der Hand an ihren Platz zurück und musste überrascht feststellen, dass ihre Freundinnen Gesellschaft bekommen hatten. Als sie näherkam, erkannte sie Josh.

„Hallo.", grüßte Antonia mit einem kurzen Kopfnicken und reichte Cleo und Ann die Drinks.

„Antonia, darf ich dir Josh Gabriel vorstellen. Er und seine Freunde wohnen auch hier im Hotel. Ist das nicht ein Zufall.", strahlte Cleo ganz verzückt.

„Hi, Josh."

„Hi, Antonia."

Ein muskulöser, hochgewachsener Mann stieg aus dem Wasser, streifte sich die Tropfen aus dem blonden Haar und kam auf die Gruppe zu.

„Hallo zusammen!"

Er entblößte mit einem breiten, offenen Lächeln seine perfekten Zähne. Mit einem süffisanten Grinsen schwang sich Annrike adrett von ihrer Liege, warf ihre langen, dunklen Haare über die Schulter und trat selbstbewusst zum Neuankömmling.

„Hallo, ich bin Annrike Liebhoff. Meine Freundinnen Cleo Hoffmeister und Antonia von Jarau."

Höflich, mit musterndem Interesse, reichte der durchtrainierte Mann Annrike die Hand.

„Hallo, mein Name ist Kolja Maxim Nikolajew."

Trotz seines russisch klingenden Namens sprach er völlig akzentfrei. Der imposante Name gepaart mit seinem Auftreten verlieh ihm Autorität und beeindruckte die sonst souveräne Annrike sichtlich.

„Seid ihr nicht auch zu dritt unterwegs?", erkundigte sich Cleo.

Josh nickte.

„Ja, Lucian ist unser Dritter im Bunde. Er hat heute geschäftlich etwas zu erledigen, wollte aber nachkommen."

„Setzt euch doch zu uns.", schlug Ann vor.

Sie nippte an ihrer Piña Colada und nahm wieder auf ihrer Liege Platz, nicht ohne Kolja kurz am Arm zu berühren und ihm damit zu verdeutlichen, dass er sich gerne zu ihr gesellen dürfe.

„Ähm, mir ist von der Warterei an der Bar furchtbar warm. Wenn ihr möchtet, könnt ihr meinen Cocktail haben, bevor das Eis schmilzt. Ich gehe schwimmen."

Antonia lächelte und fächerte sich theatralisch Luft zu,

um ihr Statement zu unterstreichen. Sie drückte Cleo den Becher in die Hand, legte ihren Pareo ab und schritt zum Beckenrand. Sollten die Mädels den kleinen Flirt genießen!

Sie fröstelte im ersten Augenblick, als sie in das kühle Nass tauchte, da ihr Körper von der Sonne aufgeheizt war. Nach und nach glich sich die Temperatur an und es war wundervoll, vom Wasser getragen zu werden. Mit langen Zügen schwamm Antonia zur gegenüberliegenden Poolseite und legte ihre Arme auf den Beckenrand, reckte ihr Gesicht der Sonne entgegen und genoss diesen Moment, der ganz ihr gehörte. Ihre Gedanken schweiften zum Thema ‚Sebastian' zurück. Hatte sie wirklich noch Gefühle für ihren toten Ex-Mann. Sie würde sich selber belügen, wenn sie dies verneinte. Ihre Freundinnen kannten nicht die ganze Wahrheit der Trennung. Antonia wollte die Demütigung nicht vollständig preisgeben. Es war schlimm genug, für eine jüngere Frau verlassen worden zu sein.

Toni hatte schon länger die Vermutung gehabt, dass es in ihrer Ehe kriselte. Die Geschäftsreisen wurden länger und häufiger, die Telefonate vertraulicher und hinter verschlossener Tür erledigt. Doch sie verweigerte lange die Realität, bis zu dem Abend, als Sebastian die Scheidung ansprach.

Angewidert von dieser Erinnerung schüttelte Antonia den Kopf und stemmte sich aus dem Pool, um mit im Wasser baumelnden Beinen, am Beckenrand zu sitzen und die anderen Gäste zu beobachten.

Während Antonia ihren Gedanken nachhing, bemerkte sie einen Mann, der neben ihr langsam ins Wasser glitt.

„Huch! Sehr erfrischend.", stieß er japsend aus.

„Wird besser mit der Zeit!", lächelte Antonia und wandte sich ihm zu.

„Ach! Hallo! Sind sie nicht Cleos Freundin?"

Unglaublich! Sie sah sich mit dem Mann konfrontiert, der sie schon in Chicago angestarrt hatte.

„Und sie sind der Typ, der mir durch sein Starren im Gedächtnis blieb.", erwiderte sie süßsauer.

Ein spitzbübisches Lächeln erschien auf seinem Gesicht und er kratzte sich am Kopf, den er verlegen etwas senkte und Antonia unter den unverschämt langen, dunklen Wimpern anblickte.

„Dann bin ich ihnen wohl eine Erklärung schuldig."

„Ich bin ganz Ohr!", kokettierte Antonia.

„Sie haben in Chicago ihren geflochtenen Zopf geöffnet und ich war von ihrem Haar völlig fasziniert. Das Licht fing sich darin. Es war eine perfekte Momentaufnahme, wie aus einem Werbespot."

Antonias Mundwinkel verzogen sich zu einem leicht spöttischen Grinsen und sie war gespannt wie er sich weiter herausreden wollte.

„In Las Vegas war ich dann verblüfft, sie wiederzusehen. Josh erzählte uns am Flughafen von seiner Bekanntschaft ‚Cleo‘, mit der sie schließlich am Gepäckband standen … damit schloss sich der Kreis. Und nun dieser verrückte Zufall, dass sie hier im gleichen Hotel wohnen."

„Ja, manchmal gibt es wirklich verrückte Zufälle."

„Haben sie meine Freunde gesehen? Ich wollte mich mit ihnen am Pool treffen, aber ihre Plätze waren verwaist."

Antonia deutete auf die gegenüberliegende Seite, wo sich Josh und Kolja mit Annrike und Cleo angeregt unterhielten.

„Ah! Da kann ich lange suchen. Kommen sie mit?"

Sie nickte und rutschte zurück ins Wasser, tauchte unter, um in einigem Abstand vom Beckenrand wieder aufzutauchen.

„Bleiben sie länger in Las Vegas?"

„14 Tage."

„Urlaub?"

„Ja. Sie?"

„Sowohl, als auch. Es wäre gelogen, zu behaupten, hier nur geschäftlich zu sein. Das schafft doch niemand, dafür sind die Möglichkeiten der Ablenkung viel zu groß."

„Sie wohnen in Chicago?"

„Nein, eigentlich wohne ich in Los Angeles, hatte aber geschäftlich an der Ostküste zu tun."

Antonia nickte.

Als sie die andere Seite erreichten, stiegen sie an der breiten Treppe gemeinsam aus dem Pool.

„Lucian! Wir wollten schon eine Vermisstenanzeige aufgeben.", meldete sich Josh fröhlich.

„Ich hatte Glück! Ein außergewöhnlicher Zufall, ließ mich auf diese charmante Lady treffen."

Antonia schmunzelte verlegen und eilte zu ihrem Handtuch.

„Du hast deinen Engel getroffen!", klopfte Kolja ihm auf die Schulter.

Lucian wurde rot und stammelte erneut seinen Erklärungsversuch.

„In Chicago glitzerte die Sonne so schön in ihren Haaren…"

„Ja, er meinte, wie bei einem Engel!"

Josh knuffte Lucian freundschaftlich in die Seite.

Cleo zwinkerte Antonia zu, die sich mit hektischen Fingern ihren Pareo umband.

„Wir möchten heute Abend zusammen Essen gehen.", verkündete Cleo.

„Ihr kommt doch auch mit?"

Vier Augenpaare richteten sich gespannt auf Antonia und Lucian.

***

Es war aufregend, als sie sich in der großen Hotellobby trafen, um zu sechst ins Restaurant aufzubrechen.

„Tut mir leid, ich habe mich heute Nachmittag nicht vorgestellt. Ich war etwas perplex, als sie mir plötzlich gegenüberstanden.", entschuldigte sich Lucian.

„Daran habe ich auch nicht gedacht.", lachte Antonia.

„Lucian Darian Gent."

„Antonia von Jarau.", sie schüttelten kurz Hände, während sie durch die gekühlten Gänge der Hotelanlage schritten.

Im Gegensatz zum Nachmittag verwandelte sich die Atmosphäre des Hotels. Die Poolgänger und Flip-Flop beschuhten Personen, wichen der eleganter gekleideten Klientel. Die hohen Absätze der Damen klapperten auf dem edlen Steinboden. Es gab so viel zu schauen und zu sehen, dass Antonia nur schwer dem Gespräch folgen konnte, dass auf dem Weg ins Restaurant stattfand.

Sie passierten eine Gruppe, als es Antonia kalt über den Rücken lief. Sie drehte sich erschreckt um, um zu erkennen, wer in dem Pulk gesprochen hatte. Sie hatte unverkennbar Sebastians Stimme gehört!

„Ist alles in Ordnung?"

Lucians graue Augen blickten Antonia besorgt an, die jetzt erst bemerkte, dass sie ruckartig stehengeblieben war. Sie zwang sich zu einem unbedarften Gesichtsausdruck:

„Ach, ich dachte, ich hätte die Stimme eines Bekannten gehört.", erklärte sie mit einer wegwerfenden Handbewegung.

Antonia schloss eilig zu den anderen auf, wagte aber noch einen letzten Blick über die Schulter. Doch war dieser vergebens.

Sie erreichten das moderne, italienische Restaurant und wurden an einen Tisch geführt. Während sie sich setzten erkundigte sich Annrike leise:

„Stimmt etwas nicht, Toni?"

„Doch, doch. Alles in Ordnung."

Ann musterte sie und akzeptierte schließlich mit einem Nicken die Antwort. Antonia hasste es, ihre Freundin anzulügen, doch zweifelte sie langsam selber an ihrem Verstand. Es war innerhalb eines Tages das zweite Mal, dass sie dachte, sie hätte ihren toten Ex-Mann gehört, bzw. gesehen. Sie musste sich zusammenreißen, um den anderen den Abend nicht zu verderben, die angeregt in ein Gespräch vertieft waren.

„Sie sind Tänzerin?", fragte Lucian interessiert.

„Ich war Balletttänzerin und bin nun Ballettlehrerin. Ich vermute, sie haben heute Nachmittag bereits darüber gesprochen, aber was machen sie alle beruflich?", erkundigte sich Antonia.

„Ich bin Inhaber einer Personenschutzagentur.", erklärte Kolja und schob sich ein Stück Steak in den Mund.

„Ich bin IT-Spezialist, quasi der ‚Nerd' der Gruppe.", grinste Josh.

„Tja, ich bin total langweilig – ich arbeite für eine Versicherung.", hob Lucian fast entschuldigend die Hände.

„Wann und wie habt ihr euch kennengelernt?", wollte Cleo wissen, die an ihrem Weißwein nippte.

„Wir kennen uns seit der Schule. Kolja zog mit seiner Familie aus Russland in die USA und kam in unsere Klasse. Lucian und ich waren Nachbarskinder. Seitdem haben wir uns nie aus den Augen verloren."

„Das ist wie bei uns! Nicht wahr, Mädels!"

„Dann hätte ich gesagt ein Toast auf die Freundschaft, dass sie auf immer halten möge. Prost!"

„Prost!"

Die Weingläser klirrten in hellen Tönen, als sie sich beim Anstoßen trafen und verbreiteten eine fröhliche, gelöste Atmosphäre.

Je länger der Abend dauerte, umso entspannter wurden die Gespräche. Antonia begann die drei Männer zu mögen und Lucian war nicht der Psychopath, den sie zuerst vermutet hatte. Natürlich blieben die kleinen Berührungen zwischen Cleo und Josh nicht unentdeckt und auch der verklärte Ausdruck in Annrikes Gesicht, wenn Kolja redete, sprach Bände. Gerade erzählte Lucian über Streiche aus ihrer Kindheit und Antonia hatte Zeit, sich sein Profil genauer zu betrachten. Er war ein attraktiver Mann, Mitte 40, hochgewachsen, noch ohne jegliche Spur von grauen Strähnen in seinen dunklen Haaren. Antonia zupfte an ihrer Unterlippe, während sie seiner Erzählung lauschte, einen Schluck des tiefroten Weines trank und schallend über die Pointe lachen musste. Seine Stimme war melodisch, sexy - sie passte zu ihm. Wenn er lachte, strahlten seine grauen Augen mit ihm.

„Wollen wir dann noch in einen Club?", sah der Personenschützer auffordernd in die Runde.
„Nein, ich kneife. Ich bin für heute durch.", sah Annrike ihn traurig an.

„Vielleicht ein anderes Mal, aber heute reicht es mir auch.", rieb sich Antonia müde die Augen.

Cleo schüttelte nur den Kopf und gähnte hinter vorgehaltener Hand.

Der Alkohol zeigte seine Wirkung und ließ Antonias Glieder schwer werden. Sie erkannte, dass sie die Kombination aus Rotwein und Zeitverschiebung definitiv unterschätzt hatte.

Der Weg zu den Fahrstühlen erschien Antonia endlos und sie schwieg müde, während sie erschöpft zuhörte, wie die anderen Pläne schmiedeten. Nur Lucian beteiligte sich ebenfalls nicht an den übermütigen, euphorischen Planungen, da er in einigen Metern Abstand telefonierte. Sie konnte nicht hören mit wem er sprach, vermutlich war es seine Freundin, oder Ehefrau. Antonia war völlig erschlagen, als sie die Aufzüge erreichten und verabschiedete sich höflich, aber bei weitem nicht so überschwänglich wie ihre Freundinnen. Sie wollte einfach nur in ihr Bett.

„Wollen wir heute eines der anderen Hotels erkunden? Eine der Einkaufsmeilen?"

Antonia biss genüsslich in eine frische Erdbeere, mit der ihre belgische Waffel belegt war und sah gespannt zu Cleo und Annrike.

„Möchte jemand das Omelette versuchen? Es ist sehr lecker.", bot Annrike an.

„Nein, danke.", schüttelten die beiden anderen den Kopf.

„Ähm, Antonia. Ich werde mit Josh heute einen Helikopterflug zum Grand Canyon machen."

Nervös biss Cleo in den knusprigen Speckstreifen, der das üppige Frühstück komplettierte. Ihre dunklen Augen warteten auf Antonias Reaktion.

„Kolja hat mich gestern Abend auch gefragt, ob ich mitkomme und ich würde das furchtbar gerne machen.", erklärte Ann verlegen.

Antonia zog einen Schmollmund und fühlte sich etwas ausgegrenzt.

„Hat Lucian nicht darüber gesprochen?"

„Hat er dir keine Nachricht geschrieben?"

Toni schüttelte enttäuscht den Kopf.

„Nein, wir haben keine Nummern ausgetauscht und nein, ich wusste auch nichts von dem Ausflug."

„Oh!"

Annrike zog die Nase kraus und nippte an ihrem frischen Orangensaft. Leise hörten sie das Poolwasser im Hintergrund des Cafés plätschern.

„Meint ihr nicht, dass ihr zu schnell Vertrauen fasst?"

„Wir sind ja nicht allein mit den Männern auf dem Ausflug. Da sind ja auch noch andere dabei."

Schuldbewusst, aber auch zugleich flehend suchten Cleo und Annrike Blickkontakt.

Antonia zwang sich zu einem gelösten Lächeln und einem unbeschwerten Tonfall:

„Wenn ihr den Helikopterflug machen wollt, dann tut das. Cleo, ich möchte nur, dass du dich nicht übernimmst. Ja?"

„Ich passe auf sie auf!", beteuerte Annrike sofort.

„Bist du uns wirklich nicht böse?"

„Ihr wisst, dass es für mich eine Strafe wäre, den Helikopterflug zu machen. Ich würde mich nur übergeben. Es wäre doch schade um das leckere Frühstück!", grinste Antonia über ihre Tasse hinweg und trank einen Schluck Kaffee.

Sie lehnte sich in ihrem Stuhl zurück und verdrängte ihre Bedenken, ihre Freundinnen mit wildfremden Männern ziehen zu lassen. Cleo und Annrike waren erwachsen! Die Entscheidung der beiden war gefallen, was sollte sie dem noch entgegensetzen?

„Wann müsst ihr los?"

„Wir treffen uns in einer Stunde in der Hotellobby."

„Soll ich Josh nach Lucians Nummer fragen, dann könntest du ihn kontaktieren? Ihr könntet gemeinsam etwas unternehmen!"

Antonia registrierte diesen kleinen, gewissen Unterton in Cleos Stimme, der harmlos klang, aber eindeutig auf einen Verkupplungsversuch hindeutete.

„Nein, nein! Ich möchte mich nicht aufdrängen. Die Stadt bietet genügend Sehenswürdigkeiten, um mich einen Tag zu beschäftigen. Wahrscheinlich muss Lucian arbeiten, sonst hätte er vielleicht was gesagt.", raunte Antonia.

***

Sie winkte dem abfahrenden Taxi hinterher, dass die Freundinnen mit ihren Begleitern zum Heliport brachte. Antonia streifte ihren blauen, mit tropischen Blüten verzierten Rock glatt und spazierte den Gehweg hinunter, der sie auf den breiten Las Vegas Boulevard führte. Es war nicht so geplant, aber es war spannend, allein die Stadt zu erkunden.

Der erholsame Schlaf trug dazu bei, dass sie sich heute wohler in ihrer Haut fühlte. Trotzdem wanderten ihre Gedanken wieder zu den kuriosen Vorkommnissen rund um ihren toten Ex-Mann. Für Antonia war es unerklärlich, weshalb sich der verstorbene Sebastian ausgerechnet jetzt in ihrem Unterbewusstsein ausbreitete. Womöglich wurde dies durch Cleos Krankheit und unabwendbares Schicksal ausgelöst.

Je länger Antonia aber unterwegs war, desto mehr verblassten die eigenartigen Geschehnisse des Vortages und sie schob es auf den Jetlag, der ihrem rationalen Denken schlichtweg übel mitspielte.

Die Luft war wunderbar warm und die Sonne strahlte groß und hell vom Himmel. Antonia hielt die faszinierenden Eindrücke auf Fotos fest. Sie schlenderte die breite Straße entlang und betrat die Einkaufsmeile eines Hotelkomplexes. Die kühle Luft des klimatisierten Gebäudes umfing sie und es war ein willkommen erfrischendes Gefühl. Der hohe Raum war erfüllt von einem undefinierbaren, aber angenehmen Duft. Es war ein Hauch von Citrus, der sich in ihrer Nase festsetzte und auf ihrem Weg durch den Komplex begleitete.

Antonia bummelte durch die Läden. Sie fand mehr und mehr Gefallen daran, einfach nur Zeit für sich zu haben. Sie erstand einige Souvenirs und wurde es nicht müde, die gigantische Innengestaltung der Passage zu bewundern. Der nachgebildete Himmel, der von Tag zu Nacht wechselte, der künstliche Regen, der nur an einer bestimmten Stelle herniederprasselte, die Lichter und all die unterschiedlichen Menschen, die ebenso staunend und erkundend durch die Gänge liefen.

So angenehm die klimatisierte Luft über einen gewissen Zeitraum war, so begann Antonia nach einiger Zeit zu frösteln und sie verließ das Hotel durch die großen Flügeltüren. Sie war dankbar für die realen, wärmenden Sonnenstrahlen auf der Haut.

Ein Café, vor dem Nachbau des Eiffelturms, war ein schöner Platz, um ein Päuschen zu machen, die Impressionen wirken zu lassen und einen Milchkaffee zu genießen. Antonia schlug in einer fließenden, ästhetischen Bewegung die Beine übereinander, lehnte sich in die weichen Polster zurück, während sie auf ihr Getränk wartete und nahm ihr Handy zur Hand. Natürlich hatten Annrike und Cleo Nachrichten geschrieben und Fotos geschickt, auf die Antonia flugs eine Antwort tippte.

,Hi, ich hoffe ihr habt einen tollen Ausflug. Ich genieße die Zeit für mich und bin schon auf eure Erzählungen gespannt. Hab euch lieb – passt auf euch auf!'

„Antonia?"

Erschrocken blickte sie vom Display auf, als sie ihren Namen hörte. Der Schreck wich, als sie Lucian erkannte, der am Rand der Café Balustrade stand. Er hatte sein hellblaues Jackett leger über dem Arm gelegt und kam offensichtlich von einem Geschäftstermin. Mit einem offenen und charmanten Lächeln fragte er:

„Darf ich mich zu ihnen setzen?"

„Klar, nur zu.", sie deutete auffordernd auf die freien Plätze an ihrem Tisch.

Antonia erhob sich und wartete auf Lucian, der innerhalb von wenigen Augenblicken vor ihr stand.

„Hi."

Unsicherheit schwang mit, als sie sich mit einem scheuen Kuss auf die Wange begrüßten.

„Konnten sie heute Nacht besser schlafen?"

„Ja, ich habe wundervoll geschlafen! So ein Glas Rotwein wirkt wunder.", lachte Antonia.

„Sie wollten nicht mit auf den Ausflug?"

„Ich wusste ehrlich gesagt gar nichts davon und wurde heute Morgen vor vollendete Tatsachen gestellt."

„Oh, das tut mir leid! Ich dachte sie wussten Bescheid."
In Lucians Stimme schwang ehrliche Reue.

„Halb so schlimm.", unterstrich Antonia ihre Worte mit einer mildernden Geste.

„Ich hätte mich den Vieren anschließen können, aber mir wird es im Helikopter schlecht. Darum bin ich nicht beleidigt, dass mir dieser Trip entgeht."

„Sie sind schon Helikopter geflogen?"

„Ja, mit meinem Mann ab und zu geschäftlich."

„Sie sind verheiratet?"

Ein komplett überraschter Unterton schwang in seiner Stimme und sein Blick wanderte auf ihre Finger, die frei von jeglichem Schmuck waren.

„Verwitwet."

„Das tut mir leid. Verzeihen sie meine Neugier."

„Nein, alles Gut. Eine schwierige Geschichte, mit der ich sie nicht langweilen möchte."

„Das würden sie bestimmt nicht!"

Antonia lächelte dankbar, aber im Moment wollte sie sich ihre Laune nicht von diesem tiefsinnigen und tristen Thema verderben lassen.

„Sie kommen von einem Geschäftstermin?", fragte sie deshalb.

„Ja!"

Eine kurze, knappe Antwort und Lucians Gesicht bekam einen grüblerischen Ausdruck. Vielleicht war der Termin nicht nach seinen Vorstellungen gelaufen. Sie tranken schweigend ihren Kaffee und Antonia ertappte sich bei der Überlegung, wie Lucians Haare am Morgen, nach dem Aufstehen, aussahen. Seine dunklen Strähnen waren mit Gel gestylt, so perfekt sah er sicher nicht immer aus. Sie verspürte den Drang, mit ihren Fingern durch seine Frisur zu wuscheln.

„Ein Penny für ihre Gedanken.", schmunzelte Lucian auffordernd.

Antonia wurde es ganz heiß. Sie fühlte sich ertappt, als sie in seine fesselnden, grauen Augen blickte.

„Ich habe mich gefragt, wie ihre Haare ohne das ganze Gel aussehen."

Das war zwar nicht die vollkommene Wahrheit, aber auch nicht gelogen. Lucian begann gelöst zu lachen.

„Wenn das im Moment *dein* essentiellstes Problem ist, dann bin ich beruhigt!"

Damit war das Eis gebrochen!

***

Antonia bemerkte schnell, dass die Eindrücke der Stadt noch intensiver wurden, wenn man sie mit jemandem teilen konnte.

„Hast du schon entdeckt, dass jedes Hotel seinen eigenen Duft hat? Wenn du für solche Dinge empfänglich bist, wird sich dein Unterbewusstsein immer an diesen Geruch erinnern."

„Stimmt, ja! Hier riecht es wieder ganz anders…Wie eine frische Meeresbrise."

Sie bummelten an einem riesigen Aquarium vorbei, in dem sogar Haie schwammen. Lucian verblüffte mit fundiertem Wissen über die Hotels und die Stadt und wusste zu jeder von Antonias Fragen eine Antwort.

„Wie oft warst du schon in Las Vegas?"

„Die letzten Monate immer mal wieder.", erklärte Lucian und wandte seine Aufmerksamkeit einem Souvenirstand zu, der kitschig blinkende T-Shirts verkaufte. Damit hatte sich die Frage für ihn anscheinend erledigt.

Sie verbrachten einen entspannten, gemeinsamen Nachmittag und als sie in ihr Hotel zurückkehrten, schlug Lucian vor:

„Wollen wir uns später zum Dinner treffen? So gegen 19.00 Uhr?"

„Gern.", strahlte Antonia.

Sie genoss Lucians Aufmerksamkeit und Gegenwart.

„Darf ich das Restaurant aussuchen?"

„Na, klar! Ich bin gespannt. Um 19.00 Uhr wieder hier, in der Lobby?"

„Perfekt!"

In seinem Kopf herrschte Chaos. Angespannt betrachtete Lucian sein Spiegelbild, während er sich für das Dinner mit Antonia vorbereitete. Die Muskeln seines trainierten Oberkörpers traten hervor, als er sich am Waschtisch aufstützte und nachdachte. Die Anweisung war strikt und eindeutig:

‚Gewinnen sie das Vertrauen der Zielperson, um an Informationen über Sebastian von Jarau zu gelangen.'

Lucian wurde für seine sachliche, kompetente Vorgehensweise geschätzt und darum erhielt er mit Kolja und Josh auch diesen schwierigen Fall, an dem sich andere schon die Zähne ausgebissen hatten. Sie standen kurz vor der Aufklärung, aber in Lucian stieg mehr und mehr ein kontraproduktives Gefühl auf, dass mit der Zuneigung zu Antonia einherging.

Langsam schloss er mit seinen feingliedrigen Fingern die Knöpfe des schwarzen Hemdes, krempelte die Manschetten nach oben und rief sich selbst zur Vernunft und Klarsicht. Gefühle hatten hier keinen Platz!

Ein letztes Mal fuhr er sich prüfend durch sein dunkelbraunes Haar, legte etwas Aftershave auf und verließ sein Zimmer.

***

Lucian betrat die Lobby und das Stimmengewirr, das ihm entgegenschlug, glich dem Summen in einem Bienenstock. Es herrschte geschäftiges Treiben von ankommenden und abreisenden Hotelgästen, gepaart mit Besuchern, die durch die Halle schlenderten.

Trotz all des Trubels, entdeckte er Antonia sofort. Sie stand inmitten der Halle und musterte die bunt verzierte Decke der Lobby. Ihr langes, blondes Haar fiel wie ein Schleier leuchtend, in lebendigen Locken über ihren schmalen Rücken und verdeckte einen Teil des feinen, schwarzen Cocktailkleides. Filigrane Kristallträger glitzerten auf ihren Schultern und hoben sich von ihrer sonnengeküssten Haut ab. Ihre Gestalt glich einer Elfe und Lucian versank für einen Moment in diesem Anblick.

Er atmete tief ein und war mit wenigen Schritten an ihrer Seite.

„Hallo, Antonia."

Lucian bemühte sich um einen sachlichen Tonfall, auch wenn er Nervosität verspürte.

„Hi. Ich habe dich gar nicht kommen gesehen.", strahlte sie ihn mit glänzenden, türkisblauen Augen an.

Der Duft seines Aftershaves zog ihr in die Nase und sie fand Gefallen an dem herben, männlichen, orientalischen Aroma.

„Wollen wir?", fragte Lucian Richtung Ausgang deutend.

Sie verließen das Hotel durch den Haupteingang und nahmen ein Taxi, dass sie etwas abseits des Las Vegas Boulevards zu einem Resort brachte. Das Restaurant lag hoch über den Dächern der Stadt mit einer großen Aussichtsterrasse.

Während sie auf ihren Tisch warteten, genossen sie die letzten Sonnenstrahlen und ergötzten sich an der fantastischen Aussicht auf die fulminante Skyline. Die Stimmung war nicht so unbeschwert und gelöst wie am Nachmittag. Die Stille zwischen den Gesprächen war unangenehm und Antonia war irritiert, denn sie fühlte eine Veränderung in Lucians Verhalten und konnte sich diesen Umstand nicht erklären. Sein Handy klingelte.

„Entschuldige, bitte."

Er nahm das Gespräch an und entfernte sich ein Stück von Antonia.

Sie reckte ihr Gesicht in den lauen Abendwind und sog die besondere Stimmung der Location auf. Eine Gruppe junger Frauen stand unweit entfernt. Einige sahen verstohlen zu Lucian, strichen sich kokett durch ihre

Haare und kicherten, teilweise affektiert und übertrieben.

Das Gefühl von Triumph durchfuhr Antonia bei diesem Getue, denn sie war in Begleitung dieses attraktiven Mannes hier. Ein Schmunzeln trat auf ihre Lippen, während sie Lucian beobachtete. Das dunkle Hemd und die beige Hose schmiegten sich an seinen trainierten Körper und betonten die richtigen Stellen. Er wirkte sportlich und smart zugleich. Lucians aufrechte Haltung strahlte Selbstsicherheit, Selbstbewusstsein und Stärke aus.

Er bemerkte Antonias Blick und konnte nicht anders, als ihr ein Lächeln zu schenken. Sein Vorhaben, sich eher distanziert während des Dinners zu geben, scheiterte damit direkt. Lucian rechtfertigte dies vor seinem Gewissen mit der Erklärung, dass Antonia durch sein verändertes Verhalten misstrauisch werden könnte.

Er beendete das Telefonat und kehrte langsam zu ihr zurück. Lucian fragte sich, ob Antonia wusste wie verführerisch und attraktiv sie war. Die tiefstehende Sonne färbte die Strähnen ihres Haares mit roten und goldenen Akzenten und das schwarze satinierte Cocktailkleid schimmerte elegant in diesem Licht. Mit jedem Schritt, den er nähertrat, fühlte er ihre feine, verzaubernde Aura, die ihn mit ihrem verlockenden Ruf ihn umgarnte.

„Schlechte Nachrichten?"

Antonia sah Lucian besorgt an. Seine ernste, fast versteinerte Miene beunruhigte sie.

„Nein, nein!"

Lucians Gesichtsausdruck entspannte sich.

„Das waren Kolja und die anderen. Sie sind wieder gut in Vegas gelandet. Sie kommen später auf einen Cocktail hier vorbei."

***

„Das Essen war hervorragend!"

„Ja, ich komme sehr gerne hierher."

Antonia und Lucian hatten sich mit dem Rest ihrer Flasche Wein einen Platz auf den Lounges der Außenterrasse gesucht. Es war ein wunderbar lauer Abend und die Sterne am Himmel konkurrierten mit dem Lichtermeer der Stadt.

„Führt dich dein Job oft nach Las Vegas?", fragte Antonia interessiert.

„Ab und zu. Zu versichern gibt es hier ja genug."

„Hast du dich auf etwas Bestimmtes spezialisiert?"

„Internationale Fälle, ein trockenes Geschäft."

„Kann ich mir vorstellen.", nickte Antonia.

In diesem Zusammenhang interessierte sie ein anderes Thema viel mehr.

„Wie steht deine Frau, oder Partnerin dazu? Ich meine, wenn du so viel unterwegs bist."

„Sie sieht es gar nicht, weil ich Single bin."

Dabei grinste er keck über den Rand seines Glases und trank einen Schluck.

Antonia folgte seinem Beispiel und genoss den fruchtigen Geschmack, der mit dem kalten Chardonnay ihre Speiseröhre hinabfloss.

Für Lucian kam es gelegen, dass sie das Thema in Richtung ‚Beziehungen' lenkte. So konnte er auf Sebastian zu sprechen kommen.

„Ich bin geschieden, um genau zu sein.", erläuterte er seinen Status deshalb noch expliziter.

„Schon länger?"

Er kratzte sich nachdenklich am Kinn.

„Es war die klassische Highschool-Liebe - mit Hochzeit, erwachsen werden und Scheidung. Kein Drama, wir mögen uns immer noch, aber für eine Ehe war es einfach zu wenig, wir waren zu jung."

Sie sahen sich einige Zeit intensiv in die Augen. Antonia war die Erste, die ihren Blick senkte und Gedankenverloren den Rest Wein in ihrem Glas kreisen ließ. Lucian bemerkte, dass sie mit sich und ihren Emotionen kämpfte. Er gab ihr den Moment.

„Sebastian und ich haben auch sehr früh geheiratet. Wir hatten gemeinsame Träume, Wünsche und Ziele. Er übernahm das Familienunternehmen und ich hielt ihm den Rücken frei und stellte meine Karriere hinten an, um mich auf die Familie zu konzentrieren. Leider entstand keine ‚richtige' Familie, da in einer Untersuchung festgestellt wurde, dass ich keine Kinder bekommen kann. Das war eine schwierige, traurige Zeit, doch Sebastian war für mich da, stellte sich mit mir dieser Hiobsbotschaft. Wir verbrachten wundervolle Urlaube, genossen unsere Zweisamkeit und ich dachte, das Thema ‚Kinder' hätte sich für uns erledigt."

Antonia stockte, strich sich geistesabwesend über die Augenbrauen.

Lucian griff rücksichtsvoll und vorsichtig nach ihrer Hand.

„Du musst darüber nicht sprechen."

Dies war seine ehrliche, persönliche Meinung, doch de facto wollte er, dass sie die Schilderung fortführte, denn es war für ihn von beruflichem Interesse.

Er war hin und her gerissen. Einerseits berührte es Lucian enorm, Antonia mit den Erinnerungen kämpfen zu sehen, aber andererseits war er auf ihre Version der Geschichte angewiesen. Sanft streichelte er mit dem Daumen über ihre Hand. Antonia schenkte ihm ein dankbares Lächeln.

„Vielleicht ist es der Alkohol, vielleicht die besondere Stimmung, vielleicht bist es auch du, oder vielleicht will ich gerade jetzt darüber sprechen. Nicht einmal Annrike, oder Cleo kennen die ganze Wahrheit …"

Verdutzt sah Lucian sie an.

„Ich hatte Angst davor, was die beiden mit Sebastian anstellen, wenn sie Alles erfahren."

Antonia lächelte voller Liebe bei dem Gedanken an ihre Freundinnen.

„Ihr drei steht euch sehr nahe?"

„Die beiden sind mein Ein und Alles!"

Tränen stiegen in Antonias Augen, als sie an das schreckliche Schicksal dachte, welches die Freundinnen zu dieser Reise veranlasste. Niedergeschlagen stellte sie das Weinglas beiseite.

„Ich hätte vor etwa drei Jahren misstrauisch werden müssen. Es begann damit, dass Sebastian mich nicht mehr über jede Dienstreise in Kenntnis setzte, oder hinter verschlossenen Türen telefonierte. Dann kam dieser furchtbare Abend, der meine Welt von heute auf morgen zerstörte. Sebastian erklärte mir, dass er sich in eine jüngere Frau verliebt habe und Kinder mit ihr wolle. Er habe sich jahrelang vorgelogen, er könne ohne Nachwuchs leben. … Ich höre immer noch seine verletzenden Worte."

„Das ist ja mal unterste Schublade.", schüttelte Lucian den Kopf.

„Aber du sagtest heute Nachmittag, du seist verwitwet."

Ein tiefes ´V` erschien zwischen Lucians Augenbrauen, als er seine Stirn bei dieser Frage runzelte. Antonia nickte traurig, holte tief Luft und setzte zum sprechen an, als plötzlich Koljas prägnante, durchdringende tiefe Stimme erklang:

„Hey, Leute!"

Augenblicklich ließ Lucian Antonias Hand los und bedachte seinen Kollegen mit einem mehr als finsteren Blick.

„Hier ist es ja hübsch!", strahlte Cleo, rutschte schwungvoll zu Antonia auf die cremefarbene Lounge und drückte ihr einen Kuss auf die Wange.

„Habt ihr noch zu trinken, oder sollen wir euch etwas mitbringen?"

„Ich habe noch einen Schluck Wein.", deutete Antonia auf ihr Glas.

Doch noch während dieser Worte ergriff Cleo dieses und leerte es in einem Zug.

„Jetzt nicht mehr!", lachte sie keck und warf übermütig ihren Kopf in den Nacken.

Spätestens jetzt war der ehrliche und intime Augenblick zwischen Antonia und Lucian verpufft.

„Was haltet ihr davon, wenn wir Männer die Getränke organisieren und ihr uns hier den Platz freihaltet?", schlug Lucian vor.

Mit diesem Vorschlag, zogen die drei Freunde von dannen.

„Und wie war euer Tag?", erkundigte sich Antonia und hakte sich bei Cleo unter.

„Wundervoll. Es war wirklich ein Erlebnis. Schade, dass du nicht dabei warst. Der Helikopterflug war gar nicht schlimm.", schilderte Annrike und fotografierte fasziniert die blinkende Skyline der Stadt.

„Hattest du auch Spaß? Zumindest hatte ich den Eindruck, als wir hier ankamen.", kokettierte Cleo mit einer vielsagenden Geste.

„Möchtest du uns etwas erzählen?", bohrte Ann schmunzelnd nach und steckte das Handy in ihre kleine Abendtasche.

Antonia schüttelte lachend den Kopf.

„Wir haben uns nur unser verkorkstes Leben anvertraut und just, als ich bei meiner Scheidung ankam, habt ihr uns ‚gestört'."

„Dann kamen wir ja rechtzeitig."

Cleo legte ihren Kopf auf Antonias Schulter.

„Du siehst sehr hübsch aus. Das tust du ja immer, aber heute besonders meine Süße!"

„Wer möchte Margaritas?"

Josh stand mit einem Tablett voller Getränke am Tisch. Euphorisch griff Cleo nach den, mit Salz-Rand, verzierten Gläsern und drückte sowohl Ann, als auch Antonia eines davon in die Hand.

„Auf das Leben!"

***

„Konntest du etwas in Erfahrung bringen?"

„Sah es so aus, als ihr aufgetaucht seid?"

„War schwer zu sagen. Der Anblick zwischen Antonia und dir wirkte auf jeden Fall sehr vertraut, wenn nicht gar intim."

Kolja kratzte sich hinter dem Ohr, trank einen Schluck und lehnte sich mit dem Rücken an die Brüstung der Dachterrasse. Mit einem sehr ernsten Gesichtsausdruck wandte er sich an seinen Freund.

„Lucian, kannst du deine aufkeimenden Gefühle für Antonia aus dem Geschäftlichen herauslassen?"

Lucian lehnte sich in gleicher Weise an die Metallverstrebung und suchte mit den Augen nach Antonia, die mit ihren Freundinnen die Tanzfläche eroberte.

„Kolja, du kennst mich besser als jeder, was sagst du? Kann ich neutral bleiben? Ich dachte bis heute Abend, dass ich Job und Privates trennen kann."

Kolja folgte Lucians Blick und er sah die Frauen, die sich unbeschwert und lachend zu den lauten Klängen der Musik bewegten.

„Das Leben ist nicht planbar und ich bin der Überzeugung, dass Alles aus einem bestimmten Grund passiert. Bis vor ein paar Tagen hätte ich meine Hand dafür ins Feuer gelegt, dass du den Beruf über deine Gefühle stellst."

„Und heute?", blickte Lucian mit ernster Miene Kolja an.

„Heute – heute weiß ich, dass es Antonia gibt."

Kolja klopfte Lucian freundschaftlich auf die Schulter, prostete ihm zu und machte sich auf den Weg, zur Tanzfläche.

***

Antonia wurde es auf der Fläche zu voll. Sie brauchte eine Pause und suchte sich einen Platz am Rande der Terrasse. Gierig trank sie die letzten Schlucke ihrer Margarita, doch die Eiswürfel waren darin geschmolzen und der verbleibende Rest war ein wässriges, warmes Gesöff, das ihren Durst nicht löschte. Leicht angewidert verzog sie ihr Gesicht und schüttelte sich. Ein volles Glas, beschlagen vom eiskalten Inhalt, auf dem große Eiswürfel schwammen, erschien in ihrem Sichtfeld.

„Wasser?", Lucian bot ihr das Getränk an.

„Bitte!", erwiderte Antonia dankbar.

Während sie trank, schloss sie die Augen und genoss die Erfrischung, die ihre Kehle hinabbrann.

„Am liebsten würde ich mir den Inhalt über den Kopf kippen.", lachte Antonia, als sie das Glas von den Lippen nahm.

„Tu dir keinen Zwang an!", grinste Lucian mit Unschuldsmine.

Ihre Wangen waren gerötet und sie wirkte glücklich.

Schweigend beobachteten sie gemeinsam die Tanzfläche.

„Du bist kein Tänzer, oder?", fragte Antonia neugierig.

„Bei mir sieht das wie unkontrolliertes Zucken aus."

„Das glaube ich nicht."

„Oh, doch!", nickte er affirmativ.

Antonia griff sich in ihre Haare, nahm es im Nacken zu einem Zopf zusammen und hob die Masse an, um Luft an ihre Schulter und Rücken gelangen zu lassen.

„Du würdest mir also einen Korb geben, wenn ich dich frage, ob du mit mir tanzt?", ein neckischer Unterton lag in ihrer Frage.

„Wenn ich mir das Lied aussuchen darf, dann könnte ich mich dazu erweichen lassen.", erwiderte Lucian und strich Antonia vorsichtig eine Haarsträhne aus dem Gesicht.

„Es tut mir leid, dass unsere Unterhaltung vorher so abrupt unterbrochen wurde."

„Wahrscheinlich besser so.", zuckte Antonia scheinbar gleichgültig mit den Schultern.

„Ich würde gerne den Rest Deiner Geschichte hören. Nicht jetzt!", fügte er schnell an.

„Ich meine, wenn du dazu bereit bist."

Antonia sah ihn schweigend an und Lucian hatte Angst, dass sie sein zwiespältiges Interesse an ihrem Leben in seinem Gesicht lesen konnte.

„Warum?"

Er stutzte.

„Warum was?"

„Warum dich mein Leben interessiert?"

Mit diesen Worten gab sie ihre Haare frei und ließ die Arme hängen. Der glitzernde, kristallene Träger ihres Kleides rutschte dabei über ihre Schulter. Lucian handelte aus Impuls und schob den Träger mit seinen Fingerspitzen zurück an seinen Platz. Er bemerkte wie sich unter seiner Berührung ihre Atmung beschleunigte. Er trat näher, legte seine Hand in ihren Nacken, so dass sie ihm in die Augen sehen musste.

„Mich interessiert dein Leben, weil du mich interessierst, Antonia."

Lucian sah in ihre großen, dunklen Pupillen und auf ihren verführerischen Mund, der ihn magisch anzog. Das Blut durchfloss seinen Körper pulsierend, als er dem Verlangen, sie zu küssen, nachgab und sich ihre Lippen fanden.

***

Antonias Weg zu ihrem Zimmer war wie Laufen auf Wolken. Sie fühlte sich leicht, frei und unbeschwert. Nie hätte sie mit dieser sensuellen Entwicklung gerechnet. Vorsichtig strich sie über ihre Lippen, die sich durch die leidenschaftlichen Küsse und Lucians Bartstoppeln geschwollen anfühlten. Sie konnte seinen Mund, seine starken Arme und seinen Körper immer noch spüren. Trotz des begehrlichen Abends verabschiedeten sich Antonia und Lucian, der Vernunft entsprechend, an den Aufzügen, um die Nacht getrennt in den eigenen Betten zu verbringen.

Mit einem seligen Grinsen im Gesicht erreichte Antonia ihre Zimmertür, steckte die Karte in den Öffner und betrat den Raum. Kurz hinter der Tür lag ein Kuvert, welches wohl unter dem Türschlitz durchgeschoben worden war. Antonia öffnete summend die Lasche und zog die Nachricht heraus:

‚Du umgibst dich mit den falschen Menschen!'

Die Nachricht fiel zu Boden. Antonia presste die Hand auf den Mund, um einen aufsteigenden Schrei zu unterdrücken und sank schockiert auf den weichen Teppich des Zimmers.

***

Kalter Schweiß rann ihr das Brustbein hinab und ihr Atem war flach und schnell. Antonias Gesichtsfarbe war fast durchsichtig, so blass war sie. Panisch griff sie erneut nach der Notiz, die eindeutig Sebastians Handschrift trug und las wieder und wieder den Satz.

‚Du umgibst dich mit den falschen Menschen!‘

Ihre Gedanken sprangen wild von der Frage, was dies zu bedeuten habe, zu dem Faktum, dass Sebastian diese Nachricht geschrieben hatte. Schwarze Punkte begannen vor Antonias Augen zu flimmern und sie fühlte eine Ohnmacht nahen. Mit letzter Kraft krabbelte sie zum Bett, zog sich hinauf und legte sich panisch atmend auf den Rücken. Antonia schloss die Augen, konzentrierte sich auf ihre Atmung und das beruhigende, leise Surren der Klimaanlage.

***

Sekunden, Minuten, vielleicht auch Stunden zogen vorbei in denen Antonia einfach dalag. Sie fühlte sich wie damals, als Sebastian ihr sagte, er wolle die Scheidung, wie damals, als die Polizei plötzlich vor der Tür stand und von Sebastians Unfall berichtete. Sebastians Tod!

Noch schlimmer, sie wusste nicht, ob sie ihren eigenen Gedanken trauen konnte. War dies der Anfang ihrer Unzurechnungsfähigkeit? War es ein schlechter Traum, aus dem sie nicht erwachte? Wollte sie jemand mit dieser Aktion in den Wahnsinn treiben? Wer hatte ein Interesse daran? Hatte sie sich die letzten Tage doch nicht geirrt und Sebastian gehört und gesehen? Aber wie war dies möglich? Diese und unzählige Fragen mehr schwirrten durch Antonias Kopf, in einer furchtbaren Endlosschleife.

Die schreckliche Erinnerung an das vollkommen zerstörte und ausgebrannte Auto tauchte vor ihrem geistigen Auge auf. Warum geschah das Alles ausgerechnet jetzt? Selbst wenn man das hirnrissige Szenario, dass Sebastian noch am Leben war ausschaltete, was bedeutete diese Nachricht? Wer waren die ‚falschen Menschen'? Im nächsten Augenblick fielen ihr Lucian, Kolja und Josh ein.

Die Nacht war grausam und endlos lang. Die ersten Sonnenstrahlen spitzten über den Hotelkomplex, als Antonia sich auf den Weg ins Badezimmer machte. Sie war kein Stück in ihren Überlegungen weitergekommen. Wie auch! Antonia drückte zwei Kopfschmerztabletten aus dem Blister und schluckte diese. Völlig ermattet schlüpfte sie aus ihrem Cocktailkleid, das achtlos auf dem Boden landete. Mit klammen Fingern öffnete sie ihren schwarzen trägerlosen BH, der sich zum Kleid gesellte, ebenso wie das feine, seidene Spitzenhöschen. Dicke Striemen der Mascara verliefen über ihre Wangen und rote Augen blickten ihr müde und hilflos entgegen, als Antonia sich im Spiegel betrachtete. Sie drehte das warme Wasser der Dusche auf und trat schwerfällig und phlegmatisch unter den plätschernden Strahl.

Als sie sich kurz darauf in ein dunkles, flauschiges Duschtuch wickelte, fühlte sie sich nicht mehr ganz so grauenvoll. Natürlich konnte sie das Denken und Grübeln nicht einfach abschalten, aber sie fasste für sich einen Entschluss. Sie würde weder Cleo, noch Annrike von dem ominösen Zettel berichten. Es war offensichtlich, dass hier wirklich eigenartige Dinge vor sich gingen, die mit Sebastian von Jarau, ihrem vermeintlich toten Ex-Mann, zu tun hatten.

Was nachts in Antonia noch Gefühle zwischen Schockstarre und Panik auslöste, wuchs in ihr immer mehr zu Neugier und nicht zuletzt Wut. Antonia hatte keine Lust mehr darauf, die Rolle des Opfers zugeschoben zu bekommen. Sie hatte genug um Sebastian getrauert und über die gescheiterte Ehe geweint. Dieser Urlaub gehörte Cleo, Annrike und ihr! Egal was für eine kranke Scheiße hier vorging, es war einfach Zeit sich von der Vergangenheit loszusagen und in die Zukunft zu blicken.

Antonia wusste nicht, ob Lucian und die beiden anderen in diesen Wahnsinn verwickelt waren, doch irgendwie gelangte die Wahrheit ans Licht, davon war sie überzeugt. Vielleicht spielte sie mit dem Feuer, wenn sie sich weiter auf Lucian Darian Gent einließ, aber das Risiko war es ihr wert.

***

2017   *Erste Auffälligkeiten in der Geschäftsabwicklung der ‚Jarau-Werke' – Spezialist für Luftfahrtausrüstung und Wehrtechnik*

Lèon Pernicieux wird mehrmals zusammen mit Sebastian von Jarau gesichtet

2018   *Diverse Geschäftsreisen ‚Jaraus' – extreme Vergrößerung der Wehrtechnikabteilung – dubiose Geschäfte mit zwielichtigen Personen – keine Vergehen offiziell nachweisbar / Privathaus Überwachung angedacht*

2019   *Sebastian von Jarau lässt sich von seiner Frau scheiden / Lèon Pernicieux und Verbündete gehen inzwischen ständig bei ‚Jarau-Werken' ein und aus.*

2020	*Kontakt von Sebastian von Jarau zur Ex-Frau wird überwacht / eingeschleuster Informant in den ‚Jarau-Werken‘ berichtet von Streitigkeiten mit diversen Personen, darunter auch Lèon Pernicieux*
Sept. 2020	*Plötzlicher Unfalltod Sebastian von Jarau / Vortäuschung wird relativ schnell aufgedeckt / Spur zum untergetauchten Verdächtigen verliert sich / Ex-Frau steht weiter unter Beobachtung*
Nov. 2020	*Team ‚Gent/Gabriel/Nikolajew‘ übernimmt die Ermittlung und findet im gleichen Monat noch Hinweise, die auf die Fährte des untergetauchten Sebastian von Jarau führen*
Jan. 2021	*Hinweise führen in die USA – Las Vegas*
Feb. 2021	*Lèon Pernicieux wird mit Morden in Verbindung gebracht, darunter einige Personen, die als Verbündete von Sebastian von Jarau galten. Pernicieux*

hält sich bis auf weiteres in Russland auf / Ex-Frau von Jaraus bleibt weiter unter Beobachtung
Team Gent – 1. verdeckte Ermittlung in Las Vegas

Mrz. 2021   *2. verdeckte Ermittlung in Las Vegas / Verdächtige Entwicklung mit Anreise Pernicieuxs Handlangern*

Apr. 2021   *3. verdeckte Ermittlung Las Vegas*
Informant berichtet über Einreise Pernicieuxs in die USA / New York
Gabriel und Nikolajew starten Überwachung Pernicieuxs in New York / Gent ermittelt wegen eines Mordes in Chicago, der im direkten Zusammenhang zu stehen scheint

Mai 2021   *Pernicieux wird in Las Vegas gesichtet*
Ex-Frau von Jaraus bucht Reise nach Vegas (Begleitung 2 unbekannte weibliche Personen) / Team Gent wird zur 4. verdeckten Ermittlung nach Las

84

Vegas beordert – Bildmaterial und Informationen der Zielperson werden übermittelt.

...

Dies waren die wichtigsten Punkte der Akte, die Lucian immer und immer wieder in den letzten Stunden gelesen, oder einfach nur stumm angestarrt hatte.

Lèon Pernicieux wurde in zig Ländern gesucht. Doch gelang es dem gefährlichen, aggressiven Subjekt immer wieder unterzutauchen, sich frei zu kaufen, oder sich seinen Weg frei zu morden. Sebastian von Jarau hatte sich mit den falschen Leuten eingelassen, den falschen Leuten vertraut und die falschen Menschen um jede Menge Geld betrogen. Wie konnte er sich auf die Waffengeschäfte einlassen? Noch schlimmer, wie konnte von Jarau Antonia so viel Kummer bereiten?

Müde rieb sich Lucian über die Augen. Sein Bauchgefühl sagte ihm, dass sich Antonia aus einem dummen Zufall in Las Vegas aufhielt. Ausgerechnet in der Stadt, in der sich ihr Ex-Mann, unter falschem Namen, vor Interpol und Pernicieux, versteckte. Lucian trat ans Fenster und sah hinaus in die Nacht.

***

Sein Abbild spiegelte sich im Glas und er betrachtete den hochgewachsenen Mann, der mit den Händen in den Taschen der eleganten, beigen Hose dastand und von persönlichen Empfindungen überrannt wurde. Er musste einen Weg finden, die Ermittlungen weiter rational anzugehen. Dafür war die Knutscherei mit Antonia eine denkbar schlechte Grundlage. Frustriert rieb sich Lucian die verspannte Kieferpartie und suchte nach einer Lösung dieser verzwickten Situation.

Den Fall niederzulegen kam nicht in Frage! Lucian ärgerte sich, dass er sich nicht vorher schon einmal ein Bild, oder mehr Informationen über Antonia angefordert hatte, sonst hätte er sie in Chicago bereits erkannt und sein Interesse an der Person wäre rein beruflich geblieben.

Die deutschen Kollegen hatten zu jedem Zeitpunkt alles unter Kontrolle und Antonia machte sich nie verdächtig, oder verhielt sich auffällig. Darum bestand für Lucian nie ein Anlass, sich selber in die Überwachung einzuschalten. Aus diesem Grunde erhielt er erst in Las Vegas die Übermittlung des Bildmaterials.

***

Es waren schlichtweg zu viele, zu blöde Zufälle, die ihm heute diese schlaflose Nacht bescherten. Lucian beobachtete nachdenklich die Autos auf dem Las Vegas Boulevard, die Nachtschwärmer, die in ihre Hotels zurückkehrten.

Trotz der fortgeschrittenen Stunde herrschte immer noch ein geschäftiges Treiben. Die Sehnsucht nach Sorglosigkeit und weniger Verantwortung stieg in Lucian auf und er überlegte, wie es Antonia ging. Ob sie schon schlief?

Er richtete seinen Blick gen Himmel, wo die Sterne durch das Lichtermeer der Stadt verblassten und gab seinen Gedanken freien Lauf.

Plötzlich, aus dem Nichts, schoss Lucian eine bis dahin völlig unbedachte Überlegung durch den Kopf. War es möglich, dass Antonia als Falle diente? Wusste von Jarau, dass sie ihm auf den Fersen waren und er benutzte die Attraktivität seiner Ex-Frau und ihre Loyalität als Ablenkung? Dieser Gedanke war bitter und erschreckend zugleich und setzte sich schändlich in Lucians Hinterkopf fest.

***

Das Frühstück verlief ruhig. Annrike leerte ihren Orangensaft in einem Zug und bestellte sich gleich noch ein weiteres Glas.

Antonia rührte still in ihrem Kaffee und verfolgte die dünnen Dampfschwaden, die von dem heißen Getränk aufstiegen. Müde stützte sie ihren Kopf auf ihre linke Handfläche und beobachtete nachdenklich ihre Freundinnen. Cleo sah heute Morgen zwar sehr blass aus, aber sie wirkte glücklich. Immer wieder zuckten ihren Mundwinkel verräterisch zu einem Schmunzeln, während sie den Joghurt mit den frischen Früchten löffelte.

„Meine Fresse habe ich einen Brummschädel."

Stöhnend hielt sich Annrike das Glas Eiswasser an die Stirn.

„Hast du so viel mehr getrunken, als wir?"

„So genau weiß ich das nicht mehr. Kolja kam irgendwann mit Wodka an und das war eine ganz, ganz schlechte Idee."

Angewidert schüttelte sich Annrike bei dieser Erinnerung. Cleo und Antonia mussten lachen.

„Wie war denn eure Nacht so?"

Cleo bekam einen verklärten Gesichtsausdruck. „Intensiv und wunderschön!"

„Oh, là, là!"

Der Blick lag nun auf Annrike, die schelmisch grinste.

„Ich fühle mich wie John Wayne nach einer Woche im Sattel!"

Schallendes Gelächter brach am Tisch los. Mit diesem Statement hatte keiner gerechnet. Glucksend wischte sich Antonia mit der schneeweißen Stoffserviette die Lachtränen aus den Augenwinkeln.

„Ann, du bist echt der Hammer!"

„Nein, den Hammer hat Kolja…"

Cleo konnte gerade noch den Kaffee hinunterschlucken, ehe sie wieder losprusteten.

Einige Minuten später hatten sich die drei Freundinnen wieder im Griff und frühstückten weiter.

„Und bei dir, Antonia?"

„Definitiv harmloser, als ihr es euch ausmalt!"

Sie nippte vorsichtig am Kaffee und genoss das heiße, starke Getränk.

„Wie? Harmloser? Ich kann mir in meinem Zustand nichts ausmalen, also kläre uns, bitte, auf.", grinste Annrike.

„Wir gingen getrennt auf unsere Zimmer und mehr war nicht!"

Die verblüfften Gesichter ihrer Freundinnen waren Gold wert!

„Du willst uns wirklich erzählen, dass Lucian und du nicht..."

Antonia nickte.

„Echt, jetzt?!"

„Und warum siehst du dann auch so fertig aus?"

„Ich konnte nicht wirklich schlafen. Zu viel Alkohol, zu viel verwirrende Gefühle, zu viel Adrenalin...", zuckte Antonia mit den Schultern.

Sie fühlte sich schlecht, ihre Freundinnen zu belügen, aber es schien im Moment das Beste zu sein.

„Ihr habt mir noch nichts von eurem Ausflug an den Grand Canyon erzählt.", wechselte sie schnell, aber gekonnt das Thema.

„Stimmt. Wir hatten gestern Abend gar nicht mehr die Möglichkeit."

„Die Fotos sind schon beeindruckend, aber in Wirklichkeit ist es atemberaubend!"

„Mich faszinierte vor allem das Licht- und Schattenspiel der Sonne, zusammen mit den Wolken, auf den Felsen der Schlucht!"

„Stimmt!", pflichtete Cleo bei.

„Schade, dass du dieses Erlebnis nicht mit uns teilen konntest."

„Wie war für euch der Helikopterflug?"

„Spannend! Ich fand es angenehmer, als im Flieger."

„Ok. Ich hatte immer Probleme von den Vibrationen des Rotors. Mir wurde davon richtig übel.", erklärte Antonia.

„Nein, das hat uns nichts ausgemacht. Nicht wahr, Cleo."

Die schüttelte beipflichtend den Kopf.

„Nein, war kein Problem."

Sie leerten entspannt ihre Kaffeetassen.

„Was wollen wir denn heute machen?"

„Ich bin dafür, dass wir den Tag nur zu dritt verbringen.", schlug Cleo vor.

„Wollen wir die Läden unsicher machen, bummeln gehen?"

„Ja! Shoppen!", klatschte Cleo euphorisch in die Hände.

„Aber *bitte* mit Pausen!", winselte Annrike.

Dunkle Ränder unter Koljas Augen zeugten von einer kurzen Nacht und auch Josh sah ziemlich mitgenommen aus. Lucian grinste und nippte an seinem Kaffee-to-go, während sie zum Auto liefen.

„Du siehst aus wie ein gerupftes Huhn!", lachte Kolja und zog an Joshs wirren Haaren.

„Witzig! Ha, ha!"

Josh schlug spielerisch Koljas Hand zur Seite.

„Und du, Lucian? Wie war deine Nacht?"

Lucian drehte sich um, zwinkerte und zog eine Grimasse und setzte den Weg fort.

„Ah, ein Gentleman genießt und schweigt.", feixte Josh.

Sie wussten aber, dass Lucian alleine geschlafen hatte. Er war der Verantwortliche in diesem Fall und er haderte mit seinem Pflichtbewusstsein und seinen Gefühlen für Antonia.

Für Kolja und Josh war es einfacher. Sie versuchten über Cleo und Annrike zwar an Informationen über die Familie von Jarau zu kommen, bzw. über Zusammenhänge in dem Fall, doch sie hatten schlichtweg mehr Spielraum, mehr Distanz. Lucian sprach mit Josh und Kolja ganz offen über seine Zweifel.

Daher waren sie im Bilde, dass Lucian von sich selber enttäuscht war, weil er sich nie vorher mit der Person ‚Antonia' befasst hatte und jetzt, durch eine absolut unvorhersehbare Entwicklung, komplett aus seinem gradlinigen Verhalten bugsiert wurde.

Kolja hob plötzlich die Hand.

„Stopp! Wartet!", alarmiert verlangsamte er seine Schritte.

Mit einem Schlag war die gelöste Stimmung verschwunden und schonungslose Anspannung lag in der Luft. Sie blieben stehen und Kolja deutete in Richtung ihres geparkten Wagens. Unter einem der Scheibenwischer ragte ein Gegenstand hervor. Augenblicklich ging die Hand der drei Männer an ihre rechte Seite, an der versteckt, die Dienstwaffe platziert war. Sie sondierten konzentriert und aufmerksam die Umgebung auf dem ruhigen, wenig frequentierten Parkdeck.

***

Josh und Lucian gaben Kolja Rückendeckung, der einen Zettel unter dem Wischer herausfischte, auseinanderfaltete und ihn stumm las.

„Lucian, ich denke der ist für dich!", fassungslos reichte er das zerknitterte Blatt weiter.

Lucians Augen weiteten sich vor Entsetzen, als er die handgeschriebene Nachricht las, während Josh und Kolja nun die nähere Umgebung des Wagens absuchten.

Doch es gab keine Spur und es war niemand zu sehen.

‚Lass Antonia da raus!'

„Fuck!", schockiert stellte Lucian den Kaffeebecher auf das Autodach.

„Von Jarau hat herausbekommen, dass wir auf seiner Spur sind."

„Das klingt alles nach einem Verrat! Irgendjemand hat uns verpfiffen!", grollte Josh.

„Das sehe ich auch so! Wie sonst käme das hier an unseren Wagen? Das kann nur von Sebastian kommen!", wedelte Kolja mit der ominösen Notiz in der Luft.

Lucian sah seine Kollegen an und strich sich nachdenklich durch seine Bartstoppeln.

Das Vorgehen in so einer Situation war genau festgelegt und sie mussten sich strikt daranhalten, das war das Einzige, was durch seinen Kopf schwirrte - abarbeiten von erlernten Methodiken.

„Wir müssen den Wagen nach den geltenden Richtlinien auf Sprengstoff, mechanische Manipulation und natürlich Fingerabdrücke untersuchen lassen. Das Auto darf nicht bewegt werden. Ich schlage vor, wir gehen also zurück auf eines unserer Zimmer und geben in der Zentrale Bescheid und informieren den Chief Agent."

***

Die Stille im Hotelzimmer war schrecklich. Lucian stand regungslos an der großen Fensterfront.

„Es tut mir leid!", begann er schließlich und wandte sich seinen Freunden zu.

„Was tut dir leid?", sah ihn Kolja mit wachen, blauen Augen an.

„Weil durch mich und mein egoistisches Verhalten die Ermittlung gefährdet wird!", brach es aus dem verbitterten und enttäuschten Agenten heraus.

„Stopp!", fuhr ihm Kolja ins Wort.

„Du weißt ebenso gut wie wir, dass dies Schwachsinn ist. Wann warst du egoistisch? Wir haben uns viel intensiver auf den Flirt mit Cleo und Annrike eingelassen. Du hast versucht, mit Charme an Informationen zu gelangen, die uns hier weiterbringen. Keiner von uns konnte ahnen, dass wir es mit so anziehenden Exemplaren, des weiblichen Geschlechtes, zu tun haben werden."

„Außerdem musste jemand erst einmal herausfinden, dass wir verdeckt ermitteln, also unsere Identität entlarven…"

„Ich denke, dass wir irgendwo eine Schwachstelle unter den Ermittlern haben.", warf Josh unverfroren ein.

„Absolut!", stimmte Kolja heftig nickend zu.

„Es besteht doch schon länger der Verdacht, weil immer wieder Informationen durchzusickern scheinen, Verdächtige gewarnt werden usw."

„Es stellen sich für uns deshalb folgende Fragen:

A) Wer ist der Verräter? B) Wem können wir noch vertrauen?"

Gewohnt zügig fasste der hünenhafte Ermittler die Situation plakativ zusammen.

Lucian sah seine Kollegen mit einem gewissen Maß an Skepsis an.

„Ihr denkt wirklich, dass es ein Leck in unseren Reihen gibt?"

Josh und Kolja nickten.

„Den Verdacht hege ich schon länger …"

„Dann erklärt mir, wer Interesse daran hat, die Ermittlungen zu stoppen?"

„Von Jarau, Pernicieux, jemand, der an den Waffenschiebereien finanziell beteiligt ist…! Lucian, du kennst doch das alte Spiel, dass Menschen für Geld über Leichen gehen."

Lucian schritt langsam im Zimmer auf und ab. Seine Ledersohlen drückten sich in den weichen Teppich und zeichneten die Spur seines Weges nach.

„Wenn Pernicieux Wind bekommen hat, dann können wir hier abbrechen! Das wäre das Horrorszenario schlechthin."

Das war Joshs Stichwort. Sofort kontrollierte er, mit allen ihm zur Verfügung stehenden technischen Hilfsmitteln, unnatürliche und auffällige Veränderungen rund um Pernicieuxs Verhalten und Bewegungen.

„Alles ruhig! Bis jetzt bestand keine Kontaktaufnahme zu von Jarau, oder zu seinen Verbündeten. Entweder ist das die Ruhe vor dem Sturm, oder es ist ein abgekartetes Spiel."

Josh tippte weiter auf seinem Laptop und machte ein nachdenkliches Gesicht. Lucian stand in der Mitte des Raumes und die furchtbare Mutmaßung brach aus ihm heraus:

„Was ist, wenn Antonia und die beiden anderen Frauen als Ablenkung dienen sollen und wir sind so doof und fallen auf das Augenklimpern und die weiblichen Reize herein?"

***

Die These hing gallig und bleiern im Raum. Das einzig vernehmbare Geräusch war die Klimaanlage, die leise und monoton surrte. Auf dem Hotelgang krachte eine Zimmertüre geräuschvoll ins Schloss, Gelächter war zu vernehmen, Stimmengewirr erhob sich, wurde leiser und verstummte schließlich.

„Wenn die drei auf uns als Ablenkung angesetzt wurden, dann wussten sie schon vorher über unsere Identität Bescheid.", gab Kolja zu bedenken.

Josh schüttelte energisch den Kopf.

„*Ich* habe Cleo auf dem Flug von Chicago angesprochen, weil wir Sitznachbarn waren. Ich habe auch nicht den Eindruck, dass ich übermäßig viele Fragen von ihr gestellt bekomme, dass geschickt Informationen abgefragt werden.", bemerkte er bestimmt.

„Das ist vielleicht genau ihre Masche! Eventuell sind die Informationen gar nicht so wichtig, sondern Ziel ist es, uns einfach von der Arbeit abzuhalten, leichtsinnig zu werden..."

„Lucian, ich kann deine Bedenken nachvollziehen, weil es wirklich viele, verdammt blöde Zufälle sind, die sich in den letzten Tagen ereigneten – den Vorfall heute

Morgen mit der Notiz eingeschlossen. Aber ich muss Josh auch beipflichten. Weder Cleo noch Annrike haben auf unserem Ausflug an den Grand Canyon seltsame Fragen gestellt. Sie haben bereitwillig aus ihrem Leben berichtet und auch über Antonia und die harten Schicksalsschläge ihrer Freundin gesprochen. Meine ehrliche Meinung ist, dass die Frauen keine, absolut keine Ahnung haben, dass von Jarau noch am Leben ist und sich ausgerechnet auch noch hier in Las Vegas aufhält."

Lucian zog eine nachdenkliche Schnute und ließ sich neben Josh aufs Bett plumpsen.

„Antonias Trauer schien auch echt. Der Schmerz in ihrer Stimme war fühlbar, als sie von der Scheidung sprach und ich denke, sie ist in gewisser Weise auf Sebastian wütend, weil er sie nach 20 Jahren Ehe so fadenscheinig abserviert hat."

Grüblerisch blickte er aus dem Fenster, durch welches das gleißende Licht der Sonne fiel.

„Ich hoffe wohl unbewusst, dass Antonia ein schlechter Mensch ist, sich verstellt, damit ich mit meinen wachsenden Gefühlen abschließen kann, damit ich einen Grund habe, mich wieder zu 100 Prozent auf den

Job zu konzentrieren. Ich habe Angst vor meinen Emotionen!"

„Du hast aber definitiv ebenso recht, Lucian. Wir halten noch mehr die Augen offen und gehen weniger unbedarft bei der Ermittlung vor!"

***

Die Füße schmerzten, daher gönnten sie sich eine Pause. Eine Vielzahl an Tragetaschen zeugte von einem äußerst erfolgreichen Einkaufsbummel. Erschöpft sanken Cleo, Antonia und Annrike auf die Stühle des hübschen Cafés.

Es war ein Hauch römischen Flairs, den der Nachbau des Trevi-Brunnens vermittelte. Doch bei genauerem Hinsehen, musste man erkennen, dass es die Erbauer nicht so genau mit der Geschichte nahmen und fröhlich griechische und italienische Elemente vermischten. Aber das war allen egal! Es war diese unbeschreiblich besondere Atmosphäre, die einen in den Bann zog und gute Laune versprühte.

„Wie sieht es bei dir aus, Ann? Geht schon wieder Alkohol?", fragte Cleo.

Annrike legte die Hand auf ihren Kopf, dann ihren Magen und hörte theatralisch in sich hinein.

„Ja, doch. Ich glaube, ist wieder möglich."

Daraufhin bestellte Cleo eine Flasche Wasser und eine Flasche Prosecco.

„Wo hast du denn Lucian gestern getroffen?", erkundige sich Cleo, während sie den Prosecco in die langstieligen Gläser eingoss.

„Ich saß im Straßencafé beim Nachbau des Eiffelturms. Er kam wohl zufällig vorbei und hat mich dort entdeckt."

„Und?", sah Annrike Antonia auffordernd an.

„Und was?"

„Und dann…", deutete Annrike gestikulierend.

Antonia lachte.

„Und dann haben wir einen Kaffee getrunken und uns unterhalten."

„Ach, Toni!", schlug Cleo mit der flachen Hand auf den Tisch, so dass die Gläser laut klirrten und die anderen Gäste neugierig wurden.

„Lass dir nicht alles aus der Nase ziehen."

„Es war aber so. Wir haben uns unterhalten, sind durch die Stadt flaniert und haben uns dann für abends zum Essen verabredet. Den Rest kennt ihr.", hob Antonia entschuldigend ihre Hände.

„Ich verstehe, dass du nichts überstürzen möchtest, aber denk dran, dass wir nicht ewig hier sind."

„Ich weiß aber nicht, ob ich den Schritt gehen möchte."

„Warum?"

Antonia schob nachdenklich ihr Trinkglas auf dem Tisch von einer in die andere Hand. Es gab mehrere Gründe dafür, dass sie sich scheute, mit Lucian ins Bett zu steigen.

Seit gestern Abend kam ein entscheidender dazu – sie hatte das Gefühl Sebastian zu betrügen, doch das konnte sie den neugierigen Freundinnen schlecht auf die Nase binden.

„Erde an Toni! Hallo!", klopfte Cleo ihr mit dem Fingerknöchel gegen die Stirn.

Antonia fühlte, wie sie rot wurde.

„Sorry, ich war in Gedanken.", grinste sie schelmisch.

„Also, warum möchtest du dich von dem gutaussehenden Versicherungsmenschen nicht flachlegen lassen?"

„Wenn ich das nicht mehr kann? Oder anders – Sebastian war der einzige Mann in meinem Leben. Wenn ihr versteht, was ich meine."

„Soll ich jetzt den abgedroschenen Spruch vom ‚Fahrradfahren' und dem ‚nicht verlernen' bringen?"

„Nee, bitte, nicht!"

„Toni, mach dir doch nicht immer so viele Gedanken!", bat Cleo.

„So bin ich halt!", zuckte Antonia mit den Schultern.

Insgeheim war Cleo froh, dass es ein anderes Thema gab, dass Antonia beschäftigte. Sie wusste, dass sich die

Gedanken ihrer Freundin ständig um sie und ihre Krebserkrankung drehten.

***

Doch leider sollte sich diese erleichternde Annahme schon am nächsten Tag an Cleo rächen. Sie erwachte mit rasenden Kopfschmerzen und ihr war schlecht. Jeder Knochen ihres schmalen Körpers schmerzte und sie wurde von Krämpfen gepeinigt. Cleo wusste, dass dies einige Stunden andauern würde, bis die Tabletten wirkten und dann würde sie vor Erschöpfung den Rest des Tages verschlafen. Ihr Onkologe hatte sie vor diesen Schüben gewarnt und sie wurden mit jedem Mal stärker. Es blieb ihr nichts anderes übrig, als ihren Freundinnen Bescheid zu sagen, dass sie den heutigen Tag benötigte, um Kräfte zu sammeln und sich zu erholen.

Antonia klang am Telefon sofort alarmiert und weinerlich.

„Sollen wir einen Arzt rufen?"

„Nein, Toni. Bitte, genießt den Tag ohne mich und ich erhole mich und bin morgen wieder dabei!"

„Aber, ..."

„Antonia, bitte."

„Ok, aber wenn wir für dich etwas tun können, gibst du uns Bescheid!"

***

Tränen standen in Antonias Augen und Annrike kämpfte ebenso mit den massiven Empfindungen.

„Das ist doch echt Scheiße!", platzte es aus Ann.

„Wie stellt sich Cleo das vor? Wir sollen den Tag genießen."

Sie saßen beim Frühstück und hatten auf Cleo gewartet, als sie der Anruf erreichte.

„Denkst du, gestern war zu anstrengend?"

„Ich weiß es nicht. Vielleicht ist es die komplette Reise, die ihren Tribut fordert, oder der Alkohol, oder, oder, oder…"

„Ich befürchte, wir werden es nicht erfahren."

„Hoffentlich fühlt sie sich morgen besser!"

Annrike nickte, stach in ihr Rührei und schob sich eine Gabelvoll in den Mund. Sie kaute langsam und nachdenklich.

„Sollen wir nicht nach Cleo sehen?"

„Du kennst Cleo, Toni. Sie möchte nicht, dass wir sie in diesem Zustand sehen. Du weißt aber auch, dass wenn sie Hilfe benötigt, wir die Ersten sind, die sie verständigen wird."

„Ich habe Angst, dass mit ihr was ist und wir es nicht mitbekommen."

„Wir melden uns gegen Mittag bei ihr, um zu sehen, ob es ihr schon besser geht und gegen Abend noch einmal. Sollte sie auf einen Anruf nicht reagieren, gehen wir zu ihrem Zimmer und lassen uns gegebenenfalls die Türe öffnen."

Antonia sah Annrike verunsichert an.

„Toni, wir müssen Cleos Wunsch akzeptieren, auch wenn unsere Vernunft und vor allem unsere Gefühle dies nicht einsehen wollen."

„Es tut so schrecklich weh, sich mit diesem Gedanken zu befassen. Die vergangenen Tage konnte ich diesen fast, wundersamer Weise, ganz nach hinten in meinem Unterbewusstsein schieben. Ich kann mir nicht vorstellen, wie es ohne Cleo sein wird. Unser verrücktes Huhn!"

Antonia lachte und weinte zugleich. Sie nahm die Serviette zur Hand und tupfte sich die Tränen von den Wangen. Annrike wusste genau, wie ihre Freundin empfand. Das Furchtbare war, dass sie machtlos gegen die Diagnose waren. Sie konnten sich nur gegenseitig Kraft geben und füreinander da sein. Intuitiv griff sie nach ihrer Hand und drückte sie. Antonia lächelte dankbar und zuckte im nächsten Moment zusammen, als Joshs fröhliche Stimme ertönte:

„Guten Morgen die Damen!"

***

Es wäre sinnlos gewesen, eine Geschichte zu erfinden, weshalb Cleo nicht mit ihnen frühstückte, Antonia rote, verweinte, verquollene Augen hatte und auch Annrike ziemlich bedröppelt dreinblickte. Josh stand sofort auf, als er von Cleos Zustand hörte und machte sich auf den Weg zu ihr.

„Ich möchte bei ihr sein, oder ihr zumindest sagen, dass ich für sie da bin."

Mit diesen Worten eilte er davon.

„Hoffentlich nimmt es uns Cleo nicht krumm, dass wir euch von ihrer Erkrankung erzählt haben.", haderte Annrike.

Kolja legte liebevoll den Arm um sie.

„Josh wird es ihr erklären und ich finde es ihm gegenüber nur fair, dass er die Wahrheit kennt und sich darauf einstellen kann. Ihm liegt viel an Cleo!"

Annrike hauchte einen Kuss auf Koljas Wange, der mehr ausdrückte, als Worte. Lucian saß still mit gesenktem Kopf da und hielt Antonias Hand. In wenigen Augenblicken hatte sich die Las Vegas Reise der Frauen erklärt und doch verspürte er dieses nagende Gefühl an Zweifel, das ihn peinigte. Konnte es sein, dass sie soweit in ihrer Ablenkungstaktik gingen, Cleos Krankheit zu erfinden? Mit dieser sich übel, durch seine Gedanken fressenden Hypothese blickte er auf und traf auf traurige, verzweifelte Augen, die ihm den Atem nahmen. Ekel vor sich und seiner perfiden Vermutung befiel Lucian. In Antonias Blick las er den derben Schmerz und die Angst, die sich in ihr regte. Diese Qual konnte man nicht vortäuschen! Vorsichtig wischte er ihre Tränen fort, legte seine Hand an ihre Wange und küsste sie auf die Stirn.

***

Josh blieb bei Cleo und diese Tatsache nahm Annrike und Antonia etwas die besorgniserregende Last von den Schultern, die damit ihre Freundin in guten Händen wussten. Sie nahmen Josh das Versprechen ab, dass er sich sofort melden würde, wenn es Cleo schlechter ginge. Es war nicht leicht, den Urlaub unter diesen Umständen fortzusetzen, aber sie mussten sich irgendwie ablenken. Gegen Nachmittag wollten sie sich mit Kolja und Lucian am Pool treffen. Bis dahin blieb den beiden Frauen noch Zeit und sie machten sich auf, um ein weiteres Hotel zu erkunden.

Vollgepackt mit neuen Eindrücken ließen sie sich am frühen Nachmittag schließlich am Pool nieder. Der große Sonnenschirm spendete wohltuenden Schatten. Antonia und Annrike sanken erschöpft auf die Liegen.
„Geht es dir auch so, dass du gar nicht bemerkst, welche Strecken wir hier zurücklegen. Erst wenn ich mich hinsetze, stelle ich fest, dass meine Füße schmerzen und ich völlig erledigt bin."
Annrike nickte.

„Genau, so geht es mir auch. Ich denke, dass es die Sinnesüberflutung für die Augen ist, welche einen gar nicht mehr an die müden Beine denken lässt."

„Ich habe nicht erwartet, dass wir uns so viel anschauen. Las Vegas stand nie auf meiner Wunschliste.", erklärte Antonia.

„So richtig befasst habe ich mich mit der Stadt auch nie. Du siehst im Fernsehen die Hotels, was die aber alles auffahren, um Touristen anzuziehen, oder ins Casino zu locken, das bekommt man nicht wirklich mit."

„Ich finde die vielen Restaurants toll! Schau, wie viele unterschiedliche schon allein hier in unserem Hotel sind – chinesisch, italienisch, amerikanisch etc. Wer hier verhungert ist selber schuld!"

„Wie machst du das eigentlich, denkst immer ans Essen und bist rank und schlank wie damals in der Schule."

Antonia zuckte mit den Schultern.

„Es sind die Gene, ein guter Stoffwechsel, oder einfach Glück! Aber du musst dich doch auch nicht beschweren."

„Hast du eine Ahnung! Früher bin ich aufgewacht und hatte den Kissenabdruck des Kopfkissens im Gesicht, der sich sofort wieder glättete. Jetzt bleibt dieser Abdruck im Gesicht, bis ich wieder ins Bett gehe!"

Annrike zog an der Haut an ihren Wangen und schnitt dazu eine Grimasse. Sie lachten!

„Stimmt, es verändert sich viel! Still und heimlich, oder mit lautem Paukenschlag!"

Sie schwiegen und sahen auf das türkise, plätschernde Wasser des Pools, bis Annrike vorsichtig ihren Kopf zu Antonia drehte.

„War Sebastian wirklich deine einzige Erfahrung?" Antonia schob ihre edle Sonnenbrille in die Haare und blinzelte gegen das grelle Licht.

„Ja, ich bin ziemlich unerfahren, was das angeht."

Es klang fast wie eine Entschuldigung.

„Ich wollte dir nicht zu nahetreten, aber für mich ist das schwierig nachvollziehbar. – Klar, ihr habt früh geheiratet, … War nach Sebastians Tod nie dieses körperliche Bedürfnis… Du weißt schon."

„Ich habe nie daran gedacht und war wohl auch nicht dazu bereit."

Antonia überlegte und hörte in sich hinein.

„Es gab niemanden…"

Annrike nickte.

„Und Lucian?"

Antonia grinste und ihr Blick wurde verlegen und sie zupfte an einem nicht vorhandenen Haar auf ihrem langen, von der Sonne gebräunten, Oberschenkel.

„Ich finde ihn toll. Er ist eloquent, charmant", sie grinste, „sexy…"

„Aha! Sexy! Jetzt wird es interessant!"

Annrike legte sich auf ihre rechte Körperhälfte, stützte sich mit dem Ellbogen auf der Liege ab und sah Antonia bedeutungsvoll an.

„Um mit deinen Worten zu sprechen - ich bekenne mich schuldig im Sinne der Anklage."

„Weiter…"

Antonia warf ihren Kopf in den Nacken und lachte schallend.

„Was willst du hören, Ann?"

„Ist er *derjenige*?"

Antonias Lachen verstummte.

„Ich hoffe, dass er derjenige ist. Ich habe lange genug getrauert."

„Und wir wünschen es uns für dich, dass er es ist! Cleo und ich haben schon Angst, dass du wieder zuwächst!"

Mit diesen Worten drehte sich Annrike zurück auf den Rücken und grinste süffisant in die Sonne.

„Bitte!?"

Antonia konnte es nicht fassen. Ein schockierter Ausdruck erschien auf ihrem Gesicht. Drehten sich die Gespräche ihrer Freundinnen nur darüber, wann es an der Zeit war, dass sie wieder flachgelegt wurde? Ein leichter Groll regte sich in ihr.

Die beiden hatten ja keine Ahnung, wie schmerzhaft es war, den Partner, der schwor in guten und schlechten Zeiten bei einem zu bleiben, an eine jüngere, fertile Frau zu verlieren. Plötzlich stirbt dieser Mann durch einen tragischen Unfalltod und die immer noch vorhandenen Gefühle werden wieder an die Oberfläche gespült und die Trauerspirale droht dich in den Abgrund zu reißen. Das letzte an was Antonia in den vergangenen Monaten dachte war Sex!

Nichtsahnend fährt man mit seinen Freundinnen in den Urlaub und beginnt schlagartig an seiner Zurechnungsfähigkeit zu zweifeln, weil man den toten Ex-Mann sieht und der schreibt auch noch ominöse Nachrichten. Man lernt einen Versicherungsangestellten kennen, der einen mit seinen sinnlichen Küssen völlig aus dem Konzept bringt und vielleicht, auf mysteriöse Weise, mit Sebastian im Zusammenhang zu stehen scheint.

Sie mochte Lucian, sie genoss die Küsse und sie sehnte sich nach mehr. Trotzdem konnten sich Annrike und Cleo über andere Dinge Gedanken machen, als über ihr Liebesleben! Gerade als Antonia sich darüber Luft machen wollte, trafen Kolja und Lucian ein und sie schluckte sowohl den Ärger, als auch ihre Ratlosigkeit zu der eigenartigen Nachricht ihres totgeglaubten Ex-Mannes herunter.

***

Die Kontrolle des Dienstwagens hatte keine Manipulationen ergeben, es blieb rein die Notiz unter dem Scheibenwischer, auf der aber auch keine Spuren, wie Fingerabdrücke, zu finden waren. Lucian wurde zum Vieraugengespräch beim Chief Agent beordert und musste sich erklären.

„Unsere Vorgabe hieß, Kontaktaufnahme, Vertrauen gewinnen und entsprechend Informationen sammeln. Genau das haben wir gemacht. Die Nachricht am Auto stammt höchstwahrscheinlich von ‚von Jarau', der mich mit seiner Ex-Frau gesehen hat."

„Doch die Frage ist, woher weiß er, wer sie sind? Welcher Wagen zu ihnen gehört? Finden sie die ganze Situation nicht reichlich ungewöhnlich?"

„Chief Villain, wir vermuten einen Maulwurf in den eigenen Reihen."

Der erfahrene Agent sah Lucian aus dünnen Augenschlitzen an und machte unumwunden seinem Verdacht Luft.

„Finden sie es nicht wahrscheinlicher, dass von Jaraus Ex-Frau mit ihren Freundinnen ein doppeltes Spiel spielt? Sie ans Messer liefert?"

Explizit diese Mutmaßung raubte Lucian den Schlaf, doch blieb dann weiterhin die Frage:

„Woher wusste Antonia über unsere verdeckte Ermittlung Bescheid? Überlegen sie Chief Villain – egal wie man es dreht und wendet, bleibt immer diese Problematik – wie die Informationen an die entsprechende Person kamen."

Selbst wenn Antonia, Cleo und Annrike sie in eine Falle lockten, gab es trotzdem eine undichte Stelle, die schnellstens gefunden werden musste.

„Josh, Kolja und ich haben natürlich die Gespräche mit den Frauen genau analysiert und uns ausgetauscht. Wir konnten keine verdächtigen Situationen feststellen, die für von Jarau nützlich wären. Es waren harmlos verbrachte Stunden ..."

„Wenn wir davon ausgehen, dass die drei Frauen tatsächlich ahnungslos sind, wie sie sagen, ist der Kontakt nicht mehr erforderlich.", erklärte Chief Villain plump.

Lucian erschrak, weil dies das Fernhalten von Antonia bedeutete. Der Vorgesetzte sprach weiter:

„Es ist also zu vermuten, dass irgendwo Informationen durchgesickert sind, die definitiv nicht durchsickern hätten dürfen. Konnte Josh verdächtige Kontakte, E-Mails entdecken?"

„Er arbeitet daran und wird ihnen das Ergebnis der Überprüfung spätestens heute Nachmittag mitteilen."

„Wie gesagt, lassen sie den Kontakt zu den Frauen dann im Sande verlaufen. Sprechen sie über neue Informationen nur direkt mit mir, bis wir das Leck in unseren Reihen gefunden haben."

„Sir, darf ich einen Vorschlag machen? Von Jarau weiß, dass wir auf seinen Fersen sind, doch die Gefühle für seine Ex-Frau machen ihn gegebenenfalls anfälliger für Fehler. Ich denke, wir sollten noch etwas warten, ehe wir den Kontakt abbrechen."

Lucian sah seinen Vorgesetzten mit versteinerter Miene an und hoffte, dass er ihm diese Halbwahrheit abkaufte.

„Hm, kein übler Einwand. In Ordnung, wir belassen die Ermittlung erst einmal genau wie gehabt."

Innerlich jubilierte Lucian und atmete erleichtert auf, weil er Antonia weiter sehen konnte. Er verabschiedete sich und war schon fast aus der Bürotür, als sein Boss ihm zurief:

„Ich weiß Lucian, ich muss es ihnen nicht sagen, sie wissen, dass für persönliche Empfindungen in diesem Fall kein Platz ist!"

Das Wasser plätscherte sanft über den Rand des Pools, als Lucian an der Wasseroberfläche vor Antonia auftauchte. Seine Füße sanken langsam zu Boden und er richtete sich vor ihr auf, so dass sie den Kopf in den Nacken legen musste, um in sein Gesicht zu blicken. Er streifte sich das Wasser aus den Haaren und Antonia konnte sich das Grinsen nicht verkneifen.

„Ein Penny für deine Gedanken!"

„Ich glaube, die kennst du."

Lucian schmunzelte, griff nach ihrer Hand und zog sie an sich. Im kühlen Wasser traf ihre warme Haut aufeinander. Antonia schlang ihre Arme um Lucians Hals und er küsste sie. Gemeinsam vergaßen sie die Welt um sich herum und ihre Körper reagierten auf die Leidenschaft des anderen. Schweratmend löste sich Lucian von Antonia.

„Wenn ich jetzt nicht aufhöre, werden wir beide wegen unsittlichen Verhaltens aus dem Hotel verwiesen und verhaftet."

Antonia lachte schallend und schmiegte sich an ihn, ehe sie sich umdrehte und aus dem Wasser stieg, wohlwissend, dass Lucians Blick ihr folgte.

Sie fühlte sich attraktiv und reizvoll, als sie mit wiegenden Hüften aus dem Wasser trat, zu ihrer Liege schritt und nach ihrem Handtuch griff. Während sich das weiche, weiße Tuch entfaltete, fiel plötzlich ein Notizzettel zu Boden, der darin deponiert war. Antonia hob ihn auf und das Blut gefror ihr in den Adern. Auf dem Zettel erkannte sie eindeutig die Schrift ihres verstorbenen Ex-Mannes. Ihre Knie gaben nach und mit zitternden Fingern sank sie auf ihre Liege.

‚Du bist nur Mittel zum Zweck.‘

Ihr Brustkorb hob und senkte sich schnell, panisch und sie suchte mit ihren Augen die Umgebung ab. Lucian näherte sich und Antonia knüllte die Notiz hektisch zusammen. Was hatte dies alles zu bedeuten? Warum war sie ‚Mittel zum Zweck‘?

„Alles in Ordnung, du bist ganz blass!"

„Mein Kreislauf macht Probleme. Würdest du mir etwas zu trinken holen, bitte."

Antonia zwang sich zu einem Lächeln, doch wusste sie nicht wie überzeugend sie wirkte. Lucian runzelte die

Stirn und sein Blick war forschend, aber er beließ es dabei. Während Antonia auf ihr Getränk wartete, kam Annrike zu ihrer Liege zurück.

„Ann, hast du vorher jemanden an unserem Platz gesehen?"

„Warum? Wurde dir etwas gestohlen?"

Verneinend schüttelte Antonia den Kopf, glättete den Zettel in ihrer Hand und reichte ihn Annrike.

„Das ist Sebastians Schrift. Der Zettel war in meinem Handtuch versteckt."

Verwirrt sah Ann ihre Freundin an.

„Bist du dir sicher?"

„Absolut! Das ist schon die zweite Nachricht, die ich vorgefunden habe."

„Wie? Die zweite Nachricht?"

Antonia erzählte von dem Kuvert, welches unter ihrer Zimmertür durchgeschoben wurde.

„Ich denke, langsam drehe ich völlig durch!"

„Sebastian ist tot! Aber du hast die letzten Tage betont, du hättest ihn, oder einen Doppelgänger gesehen."

Antonia nickte energisch.

„Ich war mir auch sicher ihn sprechen gehört zu haben, doch als ich mich suchend nach ihm umdrehte, sah ich ihn nicht."

„Was bedeuten die Nachrichten? Denkst du, Lucian hat damit etwas zu tun? Spielt er ein falsches Spiel? Aber warum? Aber vor allem – Sebastian ist tot, also eigentlich, also zumindest…"

„Ich will herausfinden, was hier vorgeht. Cleo erzählen wir aber, bitte, nichts! Versprich es mir, Ann!"

***

„Du verbrennst dir die Finger, Lucian."

Freundschaftlich klopfte Kolja ihm auf die Schulter, als sie an der Poolbar auf die Getränke warteten. Betroffen senkte Lucian den Kopf, strich sich nachdenklich durch seine dunklen Haare, ehe er antwortete.

„Ich weiß und doch fliege ich wie eine Motte direkt ins Feuer. Mein Kopf sagt ganz klar, lass die Finger von der Frau, doch dann stehe ich ihr gegenüber und alle Vorsätze sind dahin."

„Hat sie irgendwas erzählt? Hatte sie Kontakt zu von Jarau? Mich würde es nicht wundern, wenn er ihr auch eine Nachricht übermittelt hat."

„Bis jetzt weiß ich nichts. Ich fand nur ihr Verhalten vorher seltsam. Es mag wirklich sein, dass ihr Kreislauf verrücktspielt, aber in ihrem Blick lag Schrecken, oder Panik."

Sie sahen beide in Richtung Annrike und Antonia, die sich angeregt unterhielten.

„Ach, bevor ich es vergesse - Josh bleibt bei Cleo. Wir gehen heute Abend also nur zu viert essen."

„Ok.", murmelte Lucian und beobachtete angestrengt Antonias Mimik.

126

***

Vor Cleo verschwiegen sie die dubiosen Nachrichten, die bei Antonia aufgetaucht waren.

„Für dich ist es wirklich in Ordnung, wenn wir essen gehen?"

Antonia saß an Cleos Bett und hielt die Hand ihrer Freundin. Aufmerksam studierte sie die Reaktion zu ihrer Frage im blassen Gesicht. Cleo sah erschöpft und müde aus, aber sie beteuerte, dass es ihr besser ginge.

„Was sollte ich dagegen haben? Ich wünsche euch einen tollen Abend, amüsiert euch und genießt das Leben!", lächelte sie.

Annrike stand am Fußende des Bettes.

„Brauchst du etwas? Sollen wir dir etwas holen?"

„Nein, Süße. Josh ist da und kümmert sich sehr lieb um mich. Außerdem denke ich, dass ich auch wieder ein paar Schritte gehen kann!"

Cleo suchte den Blickkontakt zu Josh, der mit gerunzelter Stirn und verschränkten Armen am Fenster stand. Er wirkte besorgt.

„Ich weiche ihr nicht von der Seite, außer sie wirft mich höchstpersönlich raus.", betonte der sportliche Mann.

Ein Klopfen war an der Tür zu vernehmen.

„Das werden Kolja und Lucian sein."

Mit diesen Worten eilte Josh zur Tür.

„Ich habe dich lieb, Cleo!"

Antonia küsste ihre Freundin auf die Wange und wollte vom Bett aufstehen, als Cleo ihre Hand festhielt und flüsterte:

„Schnapp ihn dir!"

Sie zwinkerte frech und gab Antonias Hand frei. Annrike umarmte Cleo vorsichtig und hinter Antonias Rücken schlugen sie in ein ‚High 5' ein.

***

Der Ober führte sie zu einem Tisch in der Mitte des asiatischen Restaurants. Das gediegene, cremefarbene Licht verlieh dem samtig, roten Interieur des Raumes eine stilvolle Atmosphäre. Filigrane asiatische Elemente verzierten Wände und Mobiliar und verdeutlichten die kulinarische Orientierung.

Während Annrike und Antonia auf die gepolsterte Sitzbank rutschten, nahmen Kolja und Lucian ihnen gegenüber, auf den massiven Holzstühlen, Platz. Höflich reichte der Kellner die Speisekarte, die edel in schwarz gebunden war und mit goldenen Akzenten schimmerte. Die Weinkarte glich einem dicken Roman und wurde in die Mitte des schwarzen Glastisches platziert. Kolja und Lucian tauschten Höflichkeiten mit der Bedienung aus und Antonia wurde klar, dass sie in diesem Restaurant nicht das erste Mal speisten.

„Hast du Lucian von Sebastians Nachrichten erzählt?", erkundigte sich Ann, nur für Antonias Ohren hörbar.

„Nein, ich will herausfinden, was das Alles zu bedeuten hat."

„Ich glaube nicht, dass Lucian ein schlechter Mensch ist."

„Was tuschelt ihr beiden?", fragte Kolja interessiert.

„Wir haben uns gefragt, mit wie vielen Frauen ihr hier schon wart, so vertraut, wie ihr mit dem Personal umgeht.", antwortete Antonia schlagfertig.

Gespannt wartete sie auf Lucians Reaktion und hörte Annrikes aufgesetztes Lachen.

„Die Weinkarte bietet genügend Alternativen.", erwiderte Kolja herausfordernd, während Lucians graue Augen unbeeindruckt auf Antonia ruhten.

„Dann könnt ihr uns ja sicher einen hervorragenden Tropfen empfehlen.", schlug Annrike rasch vor.

Antonia hörte die Worte ihrer Freundin, doch ihre Aufmerksamkeit wurde vom intensiven Augenschein ihres Gegenübers gefesselt. Es waren fragende Blicke, die sich trafen – taxierend, abwägend. Lucians Hand legte sich in einer fließenden Bewegung auf Antonias Hand, die auf dem Tisch ruhte. Er lehnte sich langsam in ihre Richtung.

„Du bist heute Abend ganz schön keck, oder herausfordernd, Antonia."

„Bin ich das, Lucian? Wie viele Frauen waren es?"

Mit langsamen Bewegungen streichelte sein Daumen über ihre Hand. Sie fühlte das wabernde Pulsieren ihres Herzschlages im Unterleib. Lucian fand ihre aufkeimende Verwegenheit spannend, um nicht zu sagen sexy, doch etwas daran war befremdlich. Seit heute Nachmittag hatte sich etwas in ihrem Verhalten verändert, doch er konnte diese Veränderung nicht zuordnen. Ihm schmeichelte ihr Interesse und der eifersüchtige Tonfall, in der soeben gestellten Frage, bestätigte Antonias Zuneigung. Lucian suchte den Körperkontakt zu ihr, weil er sie mit ihren eigenen Waffen schlagen wollte. Er sah, wie sich ihre Wangen rosig färbten und sich ihre Pupillen weiteten. Doch auch für ihn blieben diese Berührungen und ihre Blicke nicht ohne Folgen. Kleine imaginäre Flammen tanzten über seinen Körper und Lucians Blut floss heiß und quälend in seine untere Körperhälfte.

„Du beantwortest meine Frage nicht.‘‘

„Möchtest du es wirklich wissen?‘‘

Schlagartig verebbte ihre Kühnheit und Antonia wurde bewusst, dass sie keine Antwort wollte. Der Stimmungswechsel war in ihrem Gesicht lesbar und im selben Moment entzog Antonia Lucian ihre Hand. Der bittere Geschmack von Eifersucht breitete sich in ihr aus. Sie konnte sich nicht erklären, warum dieser eigentlich fremde Mann diese heftigen Gefühle in ihr hervorrief. Antonia beachtete Lucian nicht mehr, sondern konzentrierte sich auf den Inhalt der Speisekarte.

Es war irritierend, dass die gelöste Stimmung plötzlich verflogen war. Lucian ahnte, dass es mit der Frage nach den ‚anderen Frauen' zusammenhing, doch wollte er nicht vor Kolja und Annrike näher darauf eingehen.

„Antonia?"

„Hm?"

„Hast du dich schon für ein Gericht entschieden?"

Sie schüttelte den Kopf und biss auf der Innenseite ihrer Wange herum.

„Das klingt alles furchtbar lecker.", erklärte Annrike.

„Kannst du etwas besonders empfehlen, Kolja?", erkundigte sich Antonia.

So ging es über weite Teile des Essens. Gegenüber Lucian verhielt sich Antonia zwar freundlich, aber recht einsilbig. Er ertrug es, doch würde er später ein klärendes Gespräch suchen.

Sie saßen gerade über dem Dessert, als Antonia ohne Vorwarnung schrill aufschrie:

„Se- Sebastian!"

Ihre Kuchengabel fiel klirrend auf das edle, graue Porzellan und ihre großen, blauen Augen waren weit vor Schock aufgerissen und starrten in eine bestimmte Richtung. Antonia war kreidebleich. Bevor jemand reagieren konnte, sprang sie auf und rannte einer Gruppe hinterher.

„Antonia!", schrie Annrike entsetzt und wollte ihr folgen.

Lucian hielt sie jedoch am Arm zurück.

„Ich gehe ihr nach!"

„Aber, Lucian du weißt doch gar nicht...!"

„Annrike! Ich mach das!"

Annrike kapitulierte. Lucians Ton war mehr Befehl, als eine Bitte. Verängstigt rutschte sie zurück auf ihren Platz am Tisch und ergriff dankbar Koljas Hand. Einige der anderen Restaurantgäste tuschelten und drehten teils verwundert die Köpfe nach ihnen um.

***

Antonia war es heiß und kalt zugleich. Sie handelte im Affekt und folgte ihrem Gespür.

Sie wurde Sebastians Stimme gewahr, noch ehe sie ihn sah. Ihre Nackenhaare stellten sich auf und ihre Finger krampften um die filigrane Kuchengabel in ihrer Hand, als Antonia das für ihren Ex-Mann typische, kehlige Lachen hörte. Dann sah sie ihn inmitten der elegant gekleideten Gruppe, in Begleitung einer rassigen, dunkelhaarigen Frau, den Ausgang des Restaurants ansteuern. Antonia überlegte nicht, sondern sprang auf und jagte ihm hinterher. Die Blicke der anderen Gäste waren ihr egal! Es zählte nur Sebastian aufzuhalten und ihn zur Rede zu stellen. Ein Kellner mit einem vollen Tablett in der Hand kreuzte ihren Weg und die Rotweingläser, mit dem burgunderfarbenen Getränk, knallten schrill und klirrend zu Boden.

„Tut mir leid!", rief sie dem Angestellten zu und rannte weiter.

Als sie den Restaurantausgang erreichte, spähte sie nach links und nach rechts. Wohin war die Gruppe um Sebastian gegangen? Zu dieser Tageszeit herrschte ein reger Menschentrubel in der angrenzenden Passage, der Antonia zusätzlich die Sicht erschwerte. Doch dann sah sie die hochgewachsene, dunkelhaarige Frau aus der Menge blitzen, die Sebastian begleitete. Mit zügigen Schritten eilte Antonia in die Richtung, doch immer wieder wurde sie von Touristen eingebremst, die Fotos machten, oder einfach gemütlich durch die Gänge schlenderten. Der Abstand zu ihrem Ex-Mann vergrößerte sich immer mehr und ein dicker Kloß begann sich in ihrem Hals zu bilden. Tränen der Frustration und Verbitterung traten in ihre Augen. Die Umrisse verschwammen immer mehr und schließlich erreichte Antonia die wuchtigen Drehtüren des Haupteinganges und trat hinaus in die laue Abendluft. Die Gruppe war verschwunden! Deprimiert und niedergeschmettert stand sie auf dem mondänen, mit Palmen und Blumen bepflanzten Vorplatz. Wie in Zeitlupe nahm sie die Welt um sich herum wahr, die Menschen, die lachend vorbeiliefen, das Stimmengewirr der vielen unterschiedlichen Nationen und die Geräusche der Stadt. Alles klang dumpf und verzerrt an ihre Ohren.

***

Lucian war ihr gefolgt, hatte aber etwas Abstand gelassen, um nicht direkt auf von Jarau zu treffen. Doch als er nun aus dem Gebäude trat, sah er Antonia zitternd, mit hängenden Schultern auf den Stufen stehen. Er legte schützend den Arm um sie und zog sie an seine Brust. Ihre Tränen sickerten in sein hellblaues Hemd und Lucian litt mit Antonia. Doch ein weitaus größeres Gefühl trat in ihm an die Oberfläche – Wut! Er wollte Sebastian für jede einzelne Träne Antonias büßen lassen!

***

Schweigend gingen sie zu den Aufzügen. Lucian hielt Antonia an der Hand. Sie hatte kaum ein Wort gesprochen, als sie mit dem Taxi zurück in ihr Hotel fuhren.

„Möchtest du allein sein?", erkundigte sich Lucian unsicher.

Antonia hob ihren Kopf und schmerzerfüllte, blaue Augen musterten ihn.

„Nein.", erwiderte sie gequält. Nach einigen weiteren Momenten des Schweigens fügte sie an:

„Ich glaube, ich schulde dir noch den Rest meiner verkorksten Lebensgeschichte."

Lucian legte sanft seine Hand auf ihre Wange.

„Denkst du, jetzt ist wirklich der richtige Zeitpunkt dafür?"

„Ja! Das ist der perfekte Moment, sonst verstehst du die Situation nicht und hältst mich für völlig irre. Was ich übrigens durchaus verstehen könnte!"

Antonia focht einen stummen Kampf, doch ihre Stimme war sicher und sie wirkte gefasster. Seine Finger strichen liebevoll über ihr Gesicht, zeichneten den

Umriss ihrer Lippen nach und schließlich hauchte ihr Lucian einen Kuss auf den Mund.

„Möchtest du etwas trinken gehen?"

„Nein, begleitest du mich zu meinem Zimmer. Dort bewahre ich etwas auf, dass ich für meine Erzählung benötige."

Lucians Gewissen regte sich und er wurde leicht stutzig. Seine Augenbrauen zogen sich in einem nachdenklichen Gesichtsausdruck zusammen und er fragte sich, was Antonia ihm zeigen wollte. Er ertappte sich bei dem Gedanken, in eine Falle gelockt zu werden, doch schob er diese Vermutung als absurde Annahme beiseite. Trotzdem blieb dieses seltsame Gefühl irgendwo im Hinterkopf, dass von Jarau auf ihn in Antonias Zimmer warten könnte. Quasi ein eingefädelter, raffinierter Hinterhalt.

Doch das Zimmer war leer und auch ein rascher, observierender Blick ins Badezimmer enthüllte keine versteckten Personen. Wie töricht von ihm, solch hinterlistige Taten zu vermuten. Aber Vorsicht war besser als Nachsicht! Dieser Spruch war ihnen während der Ausbildung immer und immer wieder eingebläut worden und hatte sich oft als sehr hilfreich bewahrheitet.

Mit einem knackenden Geräusch fiel die Tür hinter ihnen leise ins Schloss. Antonia legte ihre schwarze Clutch auf den gläsernen Beistelltisch und schlüpfte im nächsten Moment aus ihren hohen, feinen, schwarzen Riemchensandalen.

„Wollen wir den Weißwein aus der Minibar öffnen?"

„Gute Idee. Soll ich uns Eiswürfel dazu holen?"

Antonia nickte.

„Dann gehe ich kur zur Eismaschine. Kann ich deine Zimmerkarte mitnehmen?"

„Klar."

„Bis gleich!"

***

Als Lucian mit den Eiswürfeln zurückkehrte, hatte Antonia ihr feines, rotes Cocktailkleid gegen ihren Pyjama Shorty getauscht. Sie hatte die Gläser bereitgestellt und den Wein bereits entkorkt. Lucian beobachtete fasziniert ihre fließenden Bewegungen, während sie ihr Kleid ordentlich in den Wandschrank hängte. Das Oberteil ihres Pyjamas schmiegte sich an ihren Körper und der champagnerfarbene Stoff ließ Spielraum für Lucians männliche Fantasien. Die kurze Hose endete im oberen Drittel ihrer Oberschenkel und die Rückansicht trieb Lucian den Schweiß auf die Stirn. Jede ihrer Bewegung war geprägt von Anmut und Folge der jahrelangen, auferlegten Disziplin ihrer Tanzausbildung.

„Möchtest du das Eis nicht abstellen?", riss ihn Antonia aus seinen abschweifenden Gedanken.

„Doch, natürlich!", lächelte Lucian und platzierte den Behälter neben den Weingläsern.

Antonia schloss den Schrank und war in wenigen Schritten beim Bett, auf das sie sich mit angezogenen Beinen setzte. Lucian ließ Eiswürfel in die Gläser fallen, die ein helles Klirren von sich gaben und er goss den leichten Weißwein darüber. Antonia sah ihm zu und überlegte angestrengt, wie sie den heutigen eigenartigen Vorfall erklären sollte. Das erste Mal kam ihr der erschreckende Gedanke, dass Sebastian ein Betrüger war. Er hatte seinen Tod vorgetäuscht! Was würde Lucian dazu sagen? Musste sie dies der Polizei melden?

„Bitte!", Antonia zuckte zusammen, als ihr Lucian das Weinglas reichte.

Sie nahm es entgegen und hielt sich das kühle Glas gegen die Stirn und genoss dieses wohltuende Gefühl mit geschlossenen Augen. Eine leichte Bewegung der Matratze verriet, dass Lucian sich zu ihr setzte.

„Wie geht es dir?", hörte sie seine besorgte Stimme.

Antonia nahm das Glas von der Stirn, öffnete die Augen und zuckte ratlos mit den Schultern.

„Ich denke, es geht mir besser, wenn du weißt, was heute Abend geschehen ist."

Zaghaft nippte sie am Wein und leckte sich die Tropfen von der Oberlippe. Schließlich begann sie ohne Umschweife ihre Erklärung:

„Nach der Scheidung hatte ich eine furchtbare Zeit und wäre ohne Cleo und Annrike verzweifelt. ... Dann kam dieser verregnete September Abend, an dem die Polizei

141

plötzlich vor meiner Tür stand und mir mitteilte, dass Sebastian, mein Ex-Mann, tödlich verunglückt sei.

Sie brachten mich im Streifenwagen zur Unfallstelle und ich sah Sebastians völlig zerstörtes Fahrzeug. Das Auto hatte sich regelrecht um einen Baum gewickelt und war total ausgebrannt. ,Für den Fahrer kam jede Hilfe zu spät.', hieß es."

Tränen stiegen in ihren Augen auf und Lucian griff nach ihrer Hand.

„Auch wenn wir geschieden waren, gehörte Sebastian zu mir und war ein wichtiger Bestandteil in meinem Leben."

Verzweifelt trank sie einen großen Schluck Wein, setzte das Glas ab, um kurz darauf, erneut zu trinken. Lucian nippte schweigend an dem kalten Getränk und konnte es nicht erwarten, weitere Details zu hören. Seine Neugier und sein Ermittlerinstinkt waren erwacht. Antonia erhob sich und füllte ihr Glas ein weiteres Mal.

„Mut antrinken!"

Mit diesem zynischen Hinweis prostete sie Lucian zu.

Lucian wollte aber, dass Antonia während des Gesprächs annähernd nüchtern blieb, darum stand er in einer raschen Bewegung auf und nahm ihr das Glas aus der Hand. Sie wehrte sich dagegen und leistete Widerstand, wodurch der Wein überschwappte und sich auf ihrem feinen Oberteil verteilte. Der dünne Stoff war direkt durchtränkt und wurde durchsichtig. Ihre Brüste zeichneten sich eindeutig darunter ab und Lucian sog gebannt die Luft ein. Er stellte das Glas beiseite.

„Tut mir leid.", hauchte er.

Antonia fuhr über ihr Oberteil und unter der Berührung richteten sich ihre Brustwarzen auf.

„Ich muss mich umziehen."

Der Ton und ihr Blick waren herausfordernd.

„Soll ich dir helfen?"

Seine Stimme war nur ein leiser, heiserer Hauch.

Ohne einen weiteren Kommentar streckte Antonia ihre Arme in die Höhe und wartete auf Lucians Reaktion. Dieses Angebot ließ er sich nicht entgehen. Vorsichtig nahm er den Bund des Oberteils und hob ihn an. Lucian genoss den Anblick, Zentimeter für Zentimeter Antonias Haut freizulegen. Das nasse Shirt fiel zu Boden und Lucians Herz pochte wild, als er seine Hände um ihre schmale Hüfte legte und sie nah an sich zog. Er sog den Duft ihres Haares ein, als er seine Fingerspitzen über ihre warme, weiche Haut gleiten ließ. Ihre Lippen fanden sich.

„Ich will dich fühlen.", raunte sie.

Antonia und Lucian gaben sich zärtlichen Berührungen, fordernden Küsse und ekstatischen Gefühlen hin. Eine Welle an körperlichen Empfindungen und seelischen Emotionen brach über sie herein und ebbte nur langsam und schrittweise ab.

„Bist du glücklich?", fragte Lucian und streichelte Antonias nackten Rücken.

„Ja, warum fragst du?"

Irritiert richtete sie sich auf und sah ihm in seine grauen Augen.

„Ich möchte, dass du glücklich bist."

Sie küsste ihn zärtlich.

„Ja, ich bin glücklich. Wir sind sehr spontan im Bett gelandet, aber wenn ich es nicht gewollt hätte, dann wäre es auch nicht passiert. "

Lucian nickte.

„Antonia."

„Hm?"

„Ich war immer nur mit Kolja und Josh in dem asiatischen Restaurant. Es gab hier in Vegas nie eine andere Frau."

„Warum hast du das beim Essen nicht gesagt?", fragte Antonia neugierig.

Lucian lächelte verschmitzt.

„Ich wollte dich etwas zappeln lassen. Schließlich warst du ganz schön aufmüpfig."

„Ich? Kann gar nicht sein.", lachte sie verlegen.

Sie kuschelte sich wieder in seine Arme und spielte mit seinen Brusthaaren, während sie schweigend und zufrieden dalagen.

„Möchtest du mir weiter über ‚Sebastian' erzählen?"

„Stimmt. Das Thema hatte ich beinahe verdrängt. Wo war ich vorher stehengeblieben? Ach, ich weiß bei Sebastians Unfall."

„Du hast das Auto gesehen, auch seine Leiche?"

„Nein, die Polizisten rieten mir, das nicht zu tun, weil der Körper vollkommen verbrannt war. Ich identifizierte unseren Ehering, den Sebastian wohl noch getragen hatte."

„Ok."

„Warte kurz ..."

Mit einer schnellen Bewegung erhob sich Antonia und huschte nackt zum Schreibtisch. Sie kehrte mit zwei Zetteln zurück und schlüpfte zu Lucian unter die Decke.

„Sebastian war also ‚tot'?", ermutigte sie Lucian weiter zu berichten.

Ein kehliges, hysterisches Lachen entfuhr Antonia bei Lucians Wortwahl.

„Du triffst den Nagel auf den Kopf! Sebastian *WAR* tot! Der ganze Schlamassel fing mit der Reise nach Las Vegas an."

„Wie das?"

„Bereits am ersten Tag unseres Aufenthaltes hier im Hotel, als ich auf dem Weg zum Frühstück war, dachte ich, ich wäre einem Doppelgänger meines Ex-Mannes begegnet. Es gibt immer Menschen, die jemanden ähnlichsehen. Darum schien es mir noch nichts Besonderes. Annrike zog mich noch damit auf, dass andere Elvis sehen ... Dann hörte ich Sebastians Stimme, als wir mit euch zum Abendessen unterwegs waren und schließlich fand ich diese Notiz in meinem Zimmer vor, als wir von der Dachbar zurückkehrten."

Zögerlich reichte sie Lucian das Blatt. Er las die handschriftlichen Zeilen, die quasi das Gegenstück zu seiner Notiz am Scheibenwischer waren. Lucians wache, graue Augen suchten forschend ihren Blick.

„Was hat das zu bedeuten?"

„Wer ‚*die falschen Menschen'* sind meinst du?"

Noch bevor Lucian reagieren konnte fuhr sie fort.

„Warte, es wird noch besser! Heute Nachmittag am Pool fand ich in mein Handtuch gelegt eine weitere Nachricht."

,Du bist nur Mittel zum Zweck!'

Damit erklärte sich für Lucian auch ihr verändertes Verhalten und ihre energische Art am Abend. Von Jarau begann Misstrauen in Antonia zu schüren, was für die Undercover Mission nicht förderlich war.

„Aber Sebastian wurde für tot erklärt. Erlaubt sich jemand einen blöden Scherz?", fragte Lucian scheinheilig.

„Das war zuerst auch mein Gedanke. Aber es ist Sebastians Handschrift und heute Abend habe ich ihn eindeutig und sehr lebendig gesehen!"

„Wen? Sebastian?", fragte Lucian vorgetäuscht fassungslos.

„Ja! Darum bin ich so abrupt aufgesprungen und bin ihm wie eine Wahnsinnige gefolgt. Doch außerhalb des Gebäudes habe ich ihn dann aus den Augen verloren. Kannst du dir vorstellen, wie es mir damit geht?"

Lucian schüttelte den Kopf, denn er konnte es sich tatsächlich nicht vorstellen.

„Es muss ein Schock für dich sein."

„Ein Schock ist noch gelinde ausgedrückt. Ich würde Sebastian gerne zur Rede stellen. Ihn packen und schütteln, was der Scheiß soll."

Antonia setzte sich im Bett auf, zog ihre Zudecke um ihre nackte Gestalt und ihre Augen funkelten wütend, als sie weitersprach.

„Lucian, kannst du mir erklären, wie man auf so eine perfide Idee kommt, seinen Tod vorzutäuschen? Warum hat er das gemacht? War dem Vollidioten bewusst, wie viel Schmerz und Tränen er kostete? Und jetzt ist er auf einmal gesund und munter hier in Las Vegas."

Lucian stützte sich auf seinen Arm.

„Ich kann dir all diese Fragen nicht beantworten, das kann nur dein Ex-Mann."

Auch wenn er ihr alle Details zu Sebastians Schwierigkeiten mit Pernicieux und dem illegalen Waffenhandel schildern könnte, musste er lügen.

„Spielst *du* ein falsches Spiel, Lucian?"

Ohne Vorwarnung schoss diese Hypothese aus Antonia.

Der Ermittler hatte mit dieser Anzweiflung gerechnet, da von Jaraus Schreiben Antonia stutzig werden ließen. Lucian wusste, dass er ihr Vertrauen schamlos für die Ermittlung missbrauchte. Die Luft im Raum schien sich schlagartig zu erwärmen.

„Was sollte ich dir vorspielen?"

„Ich weiß es nicht, sag du es mir! Was haben Sebastians Nachrichten zu bedeuten? Geht es um Versicherungsbetrug und du bist darauf angesetzt?"

Diese Frage konnte Lucian guten Gewissens verneinen, auch wenn er die Schlinge um seinen Hals immer enger werden fühlte.

„Ich kann mir nur vorstellen, dass es Eifersucht ist, dich mit einem anderen Mann zu sehen, um dann aus diesem Beweggrund kryptische Nachrichten zu schreiben und dich damit zu verunsichern."

Nachdenklich legte Antonia ihren Kopf schräg und ließ seine Erklärung auf sich wirken. Ihr Gesichtsausdruck verriet allerdings, dass sie nicht eindeutig überzeugt war.

„Mich irritiert die Formulierung seiner Nachricht. In welchem Sinne meint er ‚falsch'? Falsch – im Sinne von nicht gut für mich, oder falsch - wie hinterhältig, nicht ehrlich."

„Da er weder Kolja, Josh noch mich kennt, denke ich wirklich, dass ihm der Umgang mit uns einfach nicht passt. Schließlich sind Cleo und Annrike ja schon immer in deinem Leben. Oder, hat Sebastian etwas gegen die beiden?", streute Lucian gekonnt einen anderen Gedankengang ein.

Tatsächlich begann Antonia zu überlegen.

„Auf Ann ist er sicher nicht unbedingt gut zu sprechen, schließlich war sie meine Scheidungsanwältin und Cleo, Cleo war ihm immer zu ausgeflippt, zu extravagant und vorlaut."

Sie schwiegen. Antonia wirkte völlig verunsichert. Angespannt knubbelte sie an den Ecken der Zudecke.

„Hm, vielleicht hat er mit den Mädels wirklich ein Problem."

Ihre blonden Locken fielen über ihre Schultern und verdeckten Antonias Gesicht wie ein Vorhang.

„Vermutlich!", bestätigte Lucian.

„Entschuldige, bitte, wenn ich misstrauisch bin. Wir kennen uns erst ein paar Tage, du warst auf einmal da." Ihre Wangen nahmen eine bezaubernde, rote Farbe an und Antonia blickte verlegen auf ihre Hände.

„Ich mag dich dafür schon zu sehr, Mr. Lucian Darian Gent."

Ihre Ehrlichkeit war überwältigend und machte ihn sprachlos. Er griff nach ihrer Hand, schloss sie in seine Arme und legte all seine Zuneigung in seinen Kuss und seine Zärtlichkeit.

***

Cleo warf vergnügt die Würfel auf den Spieltisch und tat quietsch fidel, so als wäre am Vortag nichts geschehen. Doch Annrike und Antonia bemerkten den gehörigen Aufwand an Kraft, den es ihre Freundin kostete, Normalität vorzutäuschen. Außenstehende sahen eine wunderschöne Frau mittleren Alters, die vermutlich einige anstrengende, schlaflose Nächte hier in Las Vegas hinter sich hatte. Die schimmernden Perlenschnüre an ihrem gelben Charleston Kleid hüpften fröhlich bei jeder ihrer Bewegungen.

„Hast du Cleo etwas von Sebastian erzählt?", erkundigte sich Antonia leise, die eher halbherzig dem Geschehen am Tisch folgte.

Annrike schüttelte den Kopf.

„Ich denke, in ihrer Verfassung sollten wir sie nicht aufregen. Wie geht es dir nach gestern?"

In den vergangenen Stunden ergab sich keine Möglichkeit, über Antonias Ex-Mann zu sprechen, geschweige denn über den Vorfall im Restaurant, ohne Cleo hellhörig werden zu lassen. Doch nun war Cleo vom Casino Geschehen abgelenkt.

„Ich kann meine Gefühle noch nicht richtig zuordnen, aber es ist definitiv ein enormes Stück Wut dabei."

„Was sagt Lucian? Wie hat er reagiert?"

Ein Grinsen strich Antonia übers Gesicht, als sie seinen Namen hörte und die Erinnerung an die vergangene Nacht hüllte sie in eine sinnliche Träumerei. Sie fühlte seine Hände über ihren Körper streichen, sein Verlangen nach ihr und ihrer Berührung…

„Antonia?"

„Hm?", geistesabwesend vernahm sie ihren Namen und sah ihre Freundin verträumt an.

„Wie hat Lucian reagiert? Ich hatte keine Chance, dir aus dem Restaurant zu folgen. Lucian hat darauf bestanden, dass er dir nachgeht."

Antonia kehrte in die Realität zurück und suchte nach Bestätigung.

„Es *war* Sebastian, nicht wahr? Du hast ihn auch gesehen!"

„Gesehen und gehört!", in Annrikes Gesicht war Wut zu erkennen.

Ihre dunklen Augen blitzten auf.

„Aber was ist dann passiert? Hast du Sebastian zur Rede stellen können?"

„Mädels, ich habe eine Glückssträhne!", quiekte Cleo plötzlich erfreut und drehte sich im Kreis, so dass sich die Fransen ihres Kleides wild mit ihr drehten.

„Wir sehen es, Cleo. Wahnsinn!"

„Ja, unglaublich."

Antonia und Annrike klatschten freudig in die Hände. Sobald sich Cleo wieder auf die Würfel konzentrierte kehrten sie zu ihrem Gespräch zurück.

„Vor dem Eingang habe ich Sebastian nicht mehr gesehen. Die Welt begann sich vor meinen Augen zu drehen und ich stand kurz vor einem Nervenzusammenbruch. So fand mich wohl Lucian auf den Stufen des Hotels und gab mir Halt, ohne nachzufragen."

„Er hat vom Taxi aus Kolja verständigt, dass ihr in unser Hotel zurückfahrt."

Antonia nickte.

„Ja, ich war völlig neben der Spur. Schließlich habe ich Lucian die ganze Geschichte erzählt, ab der Scheidung, Sebastians Tod, die seltsamen Zufälle in den letzten Tagen und natürlich habe ich ihm auch die Notizen gezeigt und ihn mit meinem wachsenden Misstrauen konfrontiert."

„Was sagt er dazu?"

„Er hat nicht aufgeschreckt reagiert, oder versucht, sich irgendwo herauszureden. Ich kann mir nicht vorstellen, dass er ein schlechter Mensch ist, auch wenn mich seine Art und einige seiner Erklärungen stutzig machen."

„Wart ihr die ganze Nacht zusammen?"

Antonia wurde verlegen und nickte schelmisch grinsend.

„Ihr hattet recht, Fahrradfahren verlernt man nicht!", kicherte sie hinter vorgehaltener Hand.

„Was ist?", fragte Cleo interessiert.

Annrike schmunzelte.

„Antonia ist heute Nacht Fahrrad gefahren!"

„Oh!", stieß Cleo hervor.

„Das musst du uns später erzählen. Mädels, darf ich euch Lèon Pernicieux vorstellen, mein Glücksbringer am Spieltisch!"

Lèon Pernicieux war ein charmanter, eleganter, hochgewachsener Mann. Gewitzt und eloquent unterhielt er sich mit den drei Frauen, während sie weiter am Spieltisch verweilten. Ein ziemlich bullig wirkender Mann trat zu Pernicieux und sprach leise mit ihm.

„Meine Damen, es tut mir schrecklich leid, aber ich habe noch ein wichtiges Telefonat zu führen und verabschiede mich nun von ihnen. Es war mir eine besondere Freude, sie alle kennenzulernen."

„Oh, wie schade!"

„Vielen Dank für die anregende Unterhaltung."

„Auf Wiedersehen!"

„Was für ein toller Mann."

„Ja, mit Esprit und so charmant. Ein Kavalier der alten Schule."

„Eine wirklich interessante Person. Irgendwie geheimnisvoll in seiner Art."

Sie sahen ihm nach, wie er flankiert von zwei großen Männern das Casino verließ.

„Waren das seine Bodyguards?"

„Sah so aus. Irgendwoher kommt mir der Name bekannt vor, vielleicht ein Schauspieler.", überlegte Antonia laut.

„Ich hätte mich gerne länger mit ihm unterhalten."

„Ja, bestimmt hat er ein bewegtes Leben hinter sich. Sind euch die Narben an seinem Mund und am Hals aufgefallen?"

„Die Wunden dazu waren sicher schmerzhaft."

„Was wollte der Kerl von euch?", zischte Kolja plötzlich neben Annrike und packte sie am Arm.

Erschrocken fuhren die Freundinnen zusammen, denn sie hatten Kolja überhaupt nicht bemerkt.

Genervt zog Annrike ihren Arm aus seinem Griff.

„Ruhig, Kolja. Wir haben uns unterhalten. Spinnst du? Wo kommst du denn eigentlich her? Ich dachte ihr Männer wollt heute Abend einen draufmachen."

„Ich kam früher zurück und dann sehe ich euch mit dem Typen.", wetterte Kolja.

„Kennst du ihn?", zog Antonia fragend ihre Augenbrauen zusammen.

„Was – nein – wie kommst du da drauf?"

„Weil du dich so aufregst.", knurrte Annrike.

Kolja zuckte mit den Schultern.

„Er war mir unsympathisch. Bestimmt so ein alter, geiler Sack."

Annrike schlang ihre Arme um seinen Hals und küsste ihn schmatzend auf den Mund.

„Bist du eifersüchtig? Wie süß!"

Ein leichtes Schmunzeln erschien auf Koljas Gesicht, doch er zog Annrikes Arme von seinem Hals und griff fest nach ihrer Hand.

„Was wollte der Typ von euch?", fragte er noch einmal und Annrike fühlte, dass er nicht nach Scherzen aufgelegt war.

„Cleo stand neben ihm am Spieltisch und daraus entstand ein Smalltalk."

„Wisst ihr wie der Kerl hieß?"

„Warum interessiert dich das? Du benimmst dich seltsam, Kolja."

Koljas Blick war ernst und er reagierte nicht auf Cleos Einwand.

„Lèon Percieux – nein, Pernicieux.", antwortete Antonia eingeschüchtert.

„Ok.", nickte Kolja.

„Wir haben uns unterhalten, Kolja.", fauchte Annrike giftig.

„Willst du ihn jetzt überprüfen, oder deine Leute der Sicherheitsfirma auf ihn ansetzen?"

Koljas Mimik wurde milder und er legte seine große Hand sanft auf Annrikes Nacken.

„Sorry, vielleicht habe ich überreagiert. Ich fand den Typen einfach widerlich. Es liegt wohl an meinem Job, dass mein Beschützerinstinkt manchmal zu sehr an die Oberfläche dringt."

Annrike sah ihn mit zusammengekniffenen Augen an.

„In Ordnung es sei dir verziehen."

„Josh und Lucian sind noch unterwegs?", fragte Cleo gähnend.

„Ja, sie saßen vorher noch vor einem neuen Bier. Ich wollte aber zu meinem Mädchen."

Er hob Annrikes Hand an seine Lippen und hauchte einen Kuss darauf.

„Ich gehe meine Jetons einlösen und dann direkt ins Bett.", offenbarte Cleo, der die Müdigkeit anzusehen war.

„Dem schließe ich mich an."

„Gute Nacht ihr beiden!"

***

Lucian verfolgte das Geschehen mit Argusaugen über die Überwachungskameras des Hotelresorts.

Die Information war besorgniserregend, als sie erfuhren, dass sich Lèon Pernicieux hier im Hotel aufhielt. Lucian und die beiden anderen Ermittler hatten keine Erklärung dafür, aus welchem Grund und mit welcher Absicht sich der gefährliche Verbrecher so in die Öffentlichkeit wagte.

Mit wenigen Klicks hatte Josh Zugriff auf die Casinokameras.

Gebannt verfolgten die Männer die Bilder, die von den Spielautomaten, über die Roulette Tische, zu den anderen Spieltischen wechselten. Bei einem der zentral stehenden ‚Craps-Tische' stoppte Josh die Bewegung der Kamera und zoomte das Bild heran, auf dem Cleo, Annrike und Antonia in den Fokus rückten. Sie wussten, dass die drei Frauen, aus Rücksicht auf Cleos Zustand, sich heute nicht weit aus dem Hotel bewegt hatten. Es sollte ein eher ruhiger Abend werden. So gelang es Lucian, Josh und Kolja, sich mit der Ausrede eines ‚Männerabends', gekonnt Freiraum für ihre Arbeit zu schaffen.

Mit flinken Fingern tippte Josh spezielle Codes für das Überwachungsprogramm ein.

„Ich habe die drei Mädels gekennzeichnet. Das bedeutet, dass wir ihre Wege im Casino mitverfolgen können. Ich werde nun den Bildschirm splitten und mit den anderen Kameras weiter den Raum beobachten, so dass wir Pernicieux entdecken, sobald er in den Radius der Überwachungskameras eintritt."

Längere Zeit geschah nichts. Lucian beobachtete Antonia, die sich mit Annrike unterhielt, an ihrem Cocktail nippte und besorgt Cleo im Blick hatte. Er wäre zu gern in eine sinnliche Erinnerung an letzte Nacht getaucht, doch das unangenehme Gespräch mit seinem Boss am Morgen schwor das Pflichtbewusstsein ihn ihm hart und unbarmherzig herauf. Sein Vorgesetzter machte ihnen die Hölle heiß, dass sie vorsichtiger sein mussten, sonst wurden sie noch entlarvt. Es reichte schon, dass von Jarau irgendwie Wind bekommen hatte. Nicht, dass ihnen Pernicieux noch so kurz vor dem Ziel durch die Lappen ging und mit ihm die Liste der Waffenhändler.

Lucian zuckte zusammen, als Kolja mit der Faust auf den Tisch schlug.

„Ich glaub es nicht, da - einer von Pernicieuxs Gorillas!"

Ein muskulöser, glatzköpfiger Mann bewegte sich durchs Casino. Es war offensichtlich, dass er nach jemandem suchte, Ausschau hielt.

Lucian fühlte seine Muskeln verkrampfen, als er Pernicieuxs Bodyguard zum Handy greifen sah. Wenige Augenblicke später trat Pernicieux selber, dicht gefolgt von seinem zweiten Bodyguard, in das Casino.

„Er sucht von Jarau! Pernicieux weiß, dass sich Sebastian hier irgendwo aufhält!", zischte Josh.

„Hoffentlich kommt es nicht zur Eskalation, wenn die beiden zusammentreffen. Dann bleibt uns keine andere Wahl als einzuschreiten. Soll ich eine Zugriffsfreigabe einholen?"

Langsam, wie in Zeitlupe, schüttelte Lucian den Kopf. Eine perfide, schreckliche Vorahnung streckte ihre kalten Finger nach ihm aus und zog über seinen Körper.

„Es geht ihm nicht um Sebastian.", raunte er mit zusammengepressten Zähnen.

„Wir haben ein ernstes Problem! Seht selbst!", deutete Lucian schockiert auf den Bildschirm.

Pernicieux trat genau an den Spieltisch, an dem Cleo ihr Glück versuchte und nach wenigen Sekunden hatte er sie in ein Gespräch verwickelt.

***

„Die drei Frauen haben keine Ahnung, wer sich da mit ihnen unterhält."

„Sieh dir Pernicieux an. Er wirkt wie ein Mann von Welt. Tolles Auftreten, elegant und eloquent. Doch welcher Teufel sich hinter dieser Fassade verbirgt..."

„Denkt ihr, es ist Zufall, dass er sich genau diesen Tisch aussucht? Eher wohl nicht! Wenn Pernicieux weiß, wer Antonia ist, dann wird die Lage für sie und ihre Freundinnen gefährlich. Wir wissen nicht, was diese linke Bazille vorhat!"

„Mit dieser Aktion ist eindeutig klar, dass im Departement ein Maulwurf sitzt, der mit von Jarau, oder Pernicieux irgendwie unter einer Decke steckt!"

„Ich geh runter!", blaffte Kolja wütend.

„Du musst dich aber im Hintergrund halten, weil wir keine Ahnung haben, über wen und was Pernicieux und seine Gorillas Bescheid wissen."

„Mach ich."

Während Kolja das Zimmer verließ platzierte er das Mikrofon, mit dem er Kontakt zu Josh und Lucian hielt, in seinem Ohr und schritt mit bebender Brust zu den Aufzügen.

Die weite Halle des Casinos lag vor ihm und Kolja suchte zügig den Raum ab. Tarnend hielt er sein Handy ans Ohr, als er mit Josh und Lucian kommunizierte.

„Ich sehe Antonia und die anderen. Sie unterhalten sich mit Pernicieux."

„Gorilla 1 hat Pernicieux etwas zugeflüstert.", gab Josh durch.

„Anscheinend verabschiedet sich Pernicieux."

„Ich denke, ich werde einen auf eifersüchtigen Lover mimen, wenn der Typ weg ist."

„Passt zu dir!", lachte Josh, der trotz der angespannten Situation seinen Humor nicht verlor.

„Versuche von den Frauen zu erfahren, was Pernicieux wollte, mit welchem Namen er sich vorgestellt hat etc."

„Ich mache also einen auf ‚eifersüchtiger Sicherheitsfirmenboss Lover'!"

Diesmal musste auch Lucian lachen.

„Perfekte Rolle!"

„Scheiße – Pernicieux kommt in meine Richtung!"

Kolja duckte sich hinter eine Gruppe anderer Casinobesucher und gab vor, seine Schnürsenkel binden zu müssen. Pernicieux und seine zwei Bodyguards passierten in wenigen Metern Abstand, doch der Ermittler huschte gekonnt unbemerkt an ihnen vorbei ins Casino.

***

„Jawohl, Sir."

Mit diesen Worten beendete Lucian das Telefongespräch mit seinem Vorgesetzten. Sie hatten einen Verräter in den eigenen Reihen, der Pernicieux und von Jarau Einzelheiten mitteilte. Die schreckliche Vorahnung, dass Antonia mit ihren Freundinnen mehr in den Fall hineingezogen wurde, bestätigte sich mit Pernicieuxs scheinheiliger Kontaktaufnahme. Was bezweckte er damit? Wollte er so von Jarau aus seinem Versteck locken? Lucian hatte Angst davor, sich mit den einzelnen Szenarien auseinanderzusetzen, weil er Pernicieuxs schwarze Seele, Skrupellosigkeit und Brutalität kannte. Er wusste, zu was diese bieder anmutende Person im Stande war.

Müde rieb sich Lucian über die Augen, die von der Arbeit am Laptop brannten. Der Fall driftete mehr und mehr in eine Ebene ab, die ihn zu persönlich tangierte. Bedenken, nein, pure Furcht erfüllte sein Denken um Antonia. Sie hatten einen Tag getrennt voneinander verbracht und Lucian vermisste sie schrecklich. Er sah auf seine Armbanduhr und war bestürzt, dass es weit nach Mitternacht war.

Josh und Lucian hatten Pernicieux mit seinen Bodyguards das Hotelresort verlassen sehen und von Jarau blieb an diesem Abend verschwunden. Sie hatten das Videomaterial ausgewertet, eine Vorgehensweise für die nächsten Tage aufgestellt, um Antonia und ihre Freundinnen zu schützen. Lucian übermittelte seinem Boss die Bilder der Überwachungskameras und erbat die Freigabe, gegebenenfalls Personenschutz für die drei Frauen anzufordern.

„Die Situation ist zwar kritisch, aber ich denke, Josh, Kolja und sie sind erst einmal genügend Schutz, um die Damen im Auge zu behalten. Reagieren sie nicht über Gent. Vielleicht war es purer Zufall, dass Pernicieux mit den Frauen sprach."

Das war die Reaktion seines Vorgesetzten, die Lucian wirklich nachdenklich machte. Würde er in selbiger Weise so sensibel reagieren, wenn es ein anderer Fall wäre? Er wusste es nicht.

Lucian trank an seinem Bier, welches über den Abend hinweg an Geschmack und Spritzigkeit verloren hatte. Es war eine schale, abgestandene Plörre, die er angewidert hinunterkippte. Er lehnte sich im schwarzen Stuhl, an dem kleinen Schreibtisch seines Zimmers zurück, nahm sein Handy und tippte eine Nachricht an Antonia. Zumindest auf diesem Wege wollte er ihr nah sein, auch wenn sie zu dieser Zeit schon tief und fest schlief.

‚Schlaf gut, Antonia. Ich vermisse dich.‘

Mit einem Lächeln legte Lucian das Handy beiseite und blickte aus dem Fenster, hinaus in das nächtliche Las Vegas.

***

Verdutzt vernahm er das leise Summen seines Mobiltelefons wahr.

‚*Seid ihr von eurem Männerabend zurück? Ich vermisse dich auch.*‘, las Lucian Antonias Nachricht.

‚*Warum schläfst du noch nicht?*‘

‚*Bin durch deine Nachricht aufgewacht.*‘

‚*Oh, entschuldige, das wollte ich nicht.*‘

‚*Selber schuld, wenn ich den Ton anlasse. Außerdem habe ich mich über deine Nachricht gefreut.*‘

Ein Gefühl epochaler Emotion breitete sich in Lucian aus und nahm ihn völlig ein. Er sah, dass Antonia eine weitere Nachricht schrieb und wartete.

‚*Ich weiß, es klingt völlig verrückt, aber möchtest du zu mir kommen?*‘

***

Lucians Antwort auf ihre Frage kam postwendend.

‚Bin schon unterwegs!'

Antonias Herz pochte wild, als sie ins Bad flitzte, eiligst ihre Haare bürstete und rasch ihre Zähne putzte. Sie fühlte sich wie ein Kind vor der Bescherung an Weihnachten.

Die Zeit verstrich unerträglich langsam. Antonia schüttelte die Kopfkissen des Bettes auf, strich die Bettlaken glatt, kehrte ins Badezimmer zurück, um kurz darauf wieder Richtung Fensterfront zu gehen.

Als es endlich an der Türe klopfte, hörte sie ihr Blut durch die Ohren rauschen. Bedacht langsam öffnete sie die Tür und blickte in die glänzendsten, wundervollen grauen Augen, die es in diesem Hotel gab.

„Hi.", grinste Lucian.

„Ebenfalls – Hi!", erwiderte Antonia und ließ ihren nächtlichen Besucher eintreten.

„Verrückt, oder?"

In ihrer Stimme schwang Unsicherheit mit.

„Nur ein bisschen.", beschwichtigte Lucian ihre Bedenken mit einer Geste, während er die Tür schloss.

Selbst nach einem durchzechten Abend mit seinen Freunden und zu dieser fortgeschrittenen Uhrzeit sah Lucian umwerfend aus. Entweder hatte er nicht so viel Alkohol getrunken, oder er verkraftete einfach mehr, denn er zeigte keinerlei Anzeichen von Berauschtheit.

„Hattet ihr einen schönen Abend?", erkundigte sich Antonia.

„Eigentlich ja.", flunkerte Lucian.

„Warum nur eigentlich?"

Er senkte seinen Blick und grinste verschmitzt.

„Ich war mit den Gedanken oft bei dir. Ich habe dich wirklich vermisst, Antonia."

Mit diesen Worten griff er nach ihrer Hand, zog sie dicht an sich und küsste sie. Antonia liebte das Gefühl in seinen Armen, es war das Gefühl von Sicherheit und Schutz, dass er ihr vermittelte.

Sie schlang die Arme um seinen Hals und öffnete sich seinem Kuss. Antonia fühlte seine Hände über ihren Rücken gleiten, hinab zu ihrem Po. Lucian hob sie plötzlich hoch und trug sie zum Bett. Vorsichtig, als ob sie zerbrechlich wäre, legte er sie auf die fein gewebte Zudecke. Ihr dickes, langes Haar breite sich wie ein

Fächer auf dem Kissen aus und Lucian genoss den Anblick. Antonias Brustkorb hob und senkte sich mit jedem Atemzug und ihr Mund, der rot und verlockend auf den nächsten Kuss wartete, war der sinnlichste, den Lucian je gesehen hatte. Er knöpfte sein leichtes khakifarbenes Hemd auf, zog es über seine gebräunten Schultern und ließ Antonia dabei nicht aus den Augen. Das Hemd glitt geräuschlos auf den weichen Teppich, während Lucian zu ihr auf das Bett krabbelte, sich über sie beugte und mit Küssen bedeckte.

Er sog den Duft ihrer Haare und ihrer Haut ein, die nach Mandarine und Jasmin rochen. Antonia streichelte sanft über seine Schultern, die ausgeprägten Muskeln seines Oberkörpers, um dann die Hände sinken zu lassen und jede seiner Berührungen, jeden seiner Liebkosungen, ungetrübt zu empfinden.

Nach und nach wurde die Kleidung an ihren Körpern weniger und die Berührungen fordernder. Sorgen und Probleme verschwanden in diesem Augenblick und gaben Raum für Romantik, Sehnsucht, Glück und pure Leidenschaft.

Ihre Körper verschmolzen zu einer Einheit und der Höhepunkt riss sie wild und stürmisch davon.

Verschwitzt und erschöpft lagen Antonia und Lucian eng umschlungen einfach nur da. Seine Hand lag auf ihrem nackten Oberschenkel, während Antonia gedankenverloren seine langen, feingliedrigen Finger streichelte. Ihre Augenlider wurden immer schwerer, die Müdigkeit breitete sich aus. Lucian griff nach der Zudecke und deckte sie beide zu. Als er zurück auf das Kissen sank, küsste er sanft ihre Schulter.

„Ich habe mich in dich verliebt.", flüsterte Lucian leise.

Doch Antonia schwieg, das Einzige war ihr ruhiges, regelmäßiges Atmen. Sie war eingeschlafen.

***

„Wir sehen uns beim Frühstück?"

„Ja!"

Antonia hielt das Laken fest, dass ihre nackte Gestalt umhüllte, während sie sich an der Zimmertür von Lucian verabschiedete.

Sie hatte Lucians Liebeserklärung heute Nacht gehört, aber sie wusste nicht, wie sie darauf reagieren sollte.

Ihre Empfindung ihm gegenüber waren enorm, aber mit Sebastians kryptischen Nachrichten im Hinterkopf, fiel es Antonia schwer, sich komplett auf Lucian einzulassen.

Ihr Körper hatte sich mit dem Schicksal bereits verschworen, doch mit den ersten Sonnenstrahlen des Tages siegte ihr Verstand und brachte sie auf den unergründlichen Boden der Tatsachen zurück.

„Alles in Ordnung?", fragte Lucian, der versuchte, ihren grüblerischen Blick zu deuten.

„Entschuldige. Ja, natürlich.", überschwänglich schlang Antonia ihre Arme um seine Hüfte und drückte sich an ihn.

„Ich will dich nicht gehen lassen."

„Wir sehen uns doch gleich zum Frühstück wieder."

„Ja, aber da draußen ist die Realität – die böse Welt, mit der ich dich teilen muss.", zog sie einen zuckersüßen Schmollmund, dem Lucian nicht widerstehen konnte.

„Das stimmt mein Engel. Also, ich gehe mich frischmachen und umziehen und wir sehen uns zum Frühstück."

„Ungern, aber ok."

Lucian küsste sie noch einmal und war aus der Tür. Langsam fiel diese hinter ihm ins Schloss und Antonia lehnte sich mit dem Rücken dagegen. Da klopfte es.

„Hast du etwas vergessen?", fragte sie strahlend, als sie die Türe erneut öffnete.

„Sebastian!", presste Antonia schockiert hervor.

„Darf ich reinkommen?"

Antonia war zu perplex, als dass sie in irgendeiner Weise reagieren konnte. Sie trat zur Seite und ihr vermeintlich ‚toter' Ex-Mann betrat das Zimmer.

„Entschuldige mich, bitte, einen kurzen Moment."

Antonia griff nach ihrem Pyjama und ihrer Unterwäsche, die vor dem Bett lag und eilte ins Badezimmer, aus dem sie kurz darauf angezogen zurückkehrte.

Es war völlig surreal, Sebastian vor dem Fenster stehen zu sehen.

„Du hast die Nacht nicht allein verbracht?"

„Nein, das habe ich nicht.", erwiderte Antonia in einem alarmierten Tonfall.

„Anscheinend hast du deine Ansprüche ziemlich heruntergeschraubt, oder hat er besondere Qualitäten."

Es klatschte dumpf, als Antonia flache Hand auf Sebastians Wange traf.

„Was fällt dir ein, mich an den Pranger zu stellen!"

Die Perplexität in ihr wurde durch Wut verdrängt, die sich vehement in ihr ausbreitete. Sebastian rieb sich verdutzt über die getroffene Wange.

„Ja, das habe ich vermutlich verdient, aber mir blieb keine andere Wahl."

„Es gibt immer eine Wahl, Sebastian. Warum in aller Welt bist du diesen Weg gegangen? Hast du eine Ahnung, wieviel Schmerz, Tränen und Trauer du ausgelöst hast. Nicht nur bei mir!"

Sebastian nickte betroffen und er fuhr sich verzweifelt durch das dichte dunkle Haar, welches sich an manchen Stellen grau färbte. Frustriert steckte er sich die Hände in die Hosentaschen der kurzen, dunkelblauen Bermuda-Short und drehte Antonia den Rücken zu.

„Es war zu eurem Schutz.", begann er seine Erklärung.

„Ich habe mich von Reichtum und Geld zu einem Leben verleiten lassen, dass mich mein Leben kostete."

Sebastian lachte trocken auf.

„Welch vermessene Wortwahl!", schüttelte er den Kopf.

„Ich verstehe nicht?", Antonia trat neben Sebastian und blickte ihn mit ihren großen, saphirblauen Augen irritiert an.

„Ach, Toni. Du warst so auf den Kinderwunsch fixiert, dass du gar nichts mehr mitbekommen hast. Ich bin damals geschäftlich in etwas hineingeraten, was nicht unbedingt so ganz Gesetzes konform war. Doch es war äußerst lukrativ und ich war von unserem spießigen Leben einfach so genervt und gelangweilt, dass ich mich darauf naiverweise eingelassen habe."

„Aber du wolltest doch auch Kinder. DU hast mich doch verlassen, weil ich keine Kinder bekommen kann."

Sebastian hob seine Hände.

„Da hast du es wieder, du hörst nur ‚Kinder‘."

Antonia hielt sich genervt die Schläfen.

„Sorry, dass ich überfordert bin. Es kommt nicht täglich vor, dass *Tote* plötzlich wieder am Leben sind."

„Schluck deinen Sarkasmus herunter, Toni."

„Das werde ich sicher nicht. Sarkasmus und Ironie wurden in den letzten Jahren meine besten Freunde, du Arsch!"

„Du vergreifst dich im Ton!"

Wütend verschränkte Antonia ihre Arme. Sebastian brachte sie zur Weißglut. Er stand mit einer Selbstverständlichkeit hier in ihrem Zimmer und machte ihr nun Vorwürfe, dass sie an ihre nervliche Grenze kam.

„Was willst du Sebastian? Du existierst nur noch als Erinnerung in meinem Leben. Bis jetzt als gute

Erinnerung, doch wenn du so weiter machst, dann hasse ich dich!"

„Ich wollte mich bei dir entschuldigen, dass ich dich im Stich gelassen habe. Es war zu deiner Sicherheit ..."

„Zu meiner Sicherheit und deinem Vergnügen."

„Gib es doch zu, in unserer Ehe war die Luft raus. Wir waren doch nur noch eine WG, oder beste Freunde."

„Dann habe ich wohl die letzten Jahre in einer Scheinwelt verbracht."

Antonia zog die Schultern nach oben und presste angespannt ihre Lippen aufeinander.

„Wenn du sagst, es war auch zu meiner Sicherheit, was bedeutet das?", war ihre nächste Frage.

„Je weniger du weißt und mit mir zu tun hast, desto besser."

„Das ist doch Humbug!"

Wütend stampfte Antonia aus seiner direkten Nähe.

„Entweder Sebastian, du sagst jetzt was Sache ist, oder du verschwindest auf Nimmerwiedersehen durch diese Tür!"

Sie zeigte mit entschlossener Miene Richtung Ausgang.

Völlig ruhig trat Sebastian näher.

„Schon aus dem Grund, weil du mit Lucian Gent vögelst, verrate ich dir nicht mehr. Ich möchte dir wegen der guten alten Zeit raten, vorsichtig zu sein."

„Woher kennst du Lucian? Hast du seine Versicherung betrogen? Ist er deswegen hinter dir her?"

Sebastian lachte laut auf.

„Hat er dir das erzählt?"

Irritiert schüttelte Antonia den Kopf.

„Sei einfach vorsichtig, Toni und weniger naiv."

Freundschaftlich küsste er ihre Wange und ging zur Tür.

„Deswegen bist du in aller Frühe hergekommen? Echt jetzt?!", Antonias Stimme überschlug sich.

Ohne sich umzudrehen hob er die Hand zum Abschied, öffnete die Tür und ging.

***

Antonias Atem ging stoßweise. Sie war so wütend. Wütend auf Sebastian, der sie wie ein Kind behandelte und sie nach wie vor im Dunkeln tappen ließ, was hier vor ging. Wütend auf Lucian, der anscheinend mehr über Sebastian wusste und sich unwissend stellte. Aber am wütendsten war Antonia auf sich selber, weil sie sich von ihrem Ex-Mann so aus der Reserve hatte locken lassen und die Fassung verlor.

Sie stand mit geballten Fäusten da und hätte am liebsten laut losgeschrien. Stattdessen wollte sie so schnell wie möglich zum Frühstück, um Lucian zur Rede zu stellen. Oh, war sie sauer! Die Schublade des kleinen Schreibtisches stand etwas offen und Antonia schob sie energisch zu.

Ein winziges Klappern im Innern machte sie stutzig, denn die Schublade war bis auf Sebastians Zettel eigentlich völlig leer. Vorsichtig zog Antonia an dem silbernen Griff des Faches und lugte hinein. Auf ihrer Stirn erschienen Falten und sie streckte ihre Hand aus und griff nach dem dünnen, schwarzen USB-Stick, der das Klappern verursacht hatte. Antonia drehte ihn hin und her und überlegte. Sie war sich absolut sicher, dass dieser Stick nicht in der Schublade lag, als sie Sebastians Notizen hineingelegt hatte. Jemand hatte das Speichermedium unbemerkt dort platziert. Der Kreis der Verdächtigen war recht übersichtlich – Lucian, oder Sebastian!

Langsam wurde es immer seltsamer. Was sollte der Stick nun wieder? Antonia schossen irrwitzigsten Gedanken durch den Kopf. Sie dachte an Maffia, Geldwäsche etc.

Lucian musste ihr beim Frühstück Rede und Antwort stehen. Sie hatte verdient die Wahrheit zu erfahren. Genervt knallte Antonia den Stick auf den Schreibtisch und eilte ins Badezimmer, um sich rasch zu duschen und fertig zu machen.

***

Cleos Zustand war stabiler und sie aß mit Appetit ihr Frühstück. Diesmal war es Antonia, die im Essen herumstocherte, auf der Innenseite ihrer Wange herumkaute und Lucian immer wieder verstohlen von der Seite anblickte und nicht recht wusste wie sie ein Gespräch mit ihm anfangen sollte.

„Alles in Ordnung, Antonia?"

Cleo sah sie neugierig an.

„Du siehst aus, als hättest du einen Geist gesehen."

Antonia lachte gequält, ehe es aus hier herausplatzte.

„Das habe ich in gewisser Weise auch."

Lucians Gabel sank zurück auf den Teller und er blickte Antonia mit einer unguten Vermutung an.

„Sebastian war heute Morgen in meinem Zimmer."

Ein amüsiertes, ungezwungenes Lachen entfuhr Cleo.

„Hast du von ihm geträumt?"

Antonia schüttelte den Kopf.

„Nein, Cleo. Sebastian lebt. Er ist hier in Las Vegas."

„Was? Wie?"

Schock und Skepsis standen nun in Cleos Gesicht.

„Er war in deinem Zimmer?", fragte Lucian alarmiert.

Antonia nickte.

„Ich dachte, du hättest etwas vergessen und da stand er vor der Tür."

„Was wollte er?", erkundigte sich Annrike.

„Er wollte sich entschuldigen und sich irgendwie erklären. Was ihm allerdings nicht absonderlich gut gelang. Im Gegenteil! Seine Worte haben mich noch mehr verunsichert. Lucian, woher kennt er deinen Namen?"

„Wie? Er kennt meinen Namen?"

„Sebastian hat gesagt, dass er mir gegenüber bestimmt nicht mehr preisgibt, auch wenn ich mit Lucian Gent vögle!"

„Wow, das hat er gesagt!"

Annrike schlug sich entsetzt die Hand vor den Mund.

„Die Wortwahl klingt überhaupt nicht nach Sebastian.", warf Cleo ein.

„Glaub mir Cleo, er hat noch mehr solche Dinge gesagt."

Cleo starrte mit weitaufgerissenen Augen ihre Freundin an.

„Also ich hätte ihm eine geklatscht!", verschränkte Annrike ihre Arme wütend über dem Brustkorb.

„Diesem Impuls bin ich auch gefolgt und hab ihm eine Ohrfeige verpasst! Lucian, du schuldest mir eine Antwort.", hakte Antonia hartnäckig nach.

„Glaub mir, ich weiß nicht, woher er meinen Namen kennt."

Es war wieder eine dieser kleinen Halbwahrheiten, die er in den Raum stellte. Lucian wusste wirklich nicht, woher Sebastian seinen Namen kannte, doch war diese Tatsache beunruhigend.

„Hattest du schon einmal einen Versicherungsfall, der mit Sebastian zusammenhing?", warf Josh scheinheilig ein.

Lucian schüttelte den Kopf.

„Hat Sebastian nicht erwähnt, woher er Lucian kennt?"

„Nein, es war ein seltsames Gespräch. Ich bin auch nicht viel schlauer, weshalb er seinen Tod vorgetäuscht hat. Er meinte nur, es war auch zu meinem Schutz!"

„Wenigstens weißt du jetzt, dass du nicht durchdrehst, sondern Sebastian wirklich noch am Leben ist und er definitiv eines der größten Arschlöcher ist, die ich kenne!", resümierte Annrike kurz und knapp.

Darüber waren sich alle einig und nickten zustimmend.

Es begann eine rege Diskussion, weshalb Cleo über das alles nicht Bescheid wusste und was weiter in den letzten Tagen vorgefallen war.

***

„Kann ich dich unter vier Augen sprechen.", bat Lucian Antonia leise.

Er nahm ihre Hand. Sie verließen das Café und gingen ein paar Meter schweigend am Rand des Pools entlang, dessen Wasser unter der Sonne einladend glitzerte.

Lucian blieb stehen und trat ihr gegenüber.

„Antonia, ich verstehe, dass du mehr und mehr misstrauisch wirst."

„Mir wird das alles langsam zu viel, Lucian.", sah Antonia ihm ernst in seine grauen Augen.

Lucian nickte traurig.

„Ich kann dich nur darum bitten, mir zu vertrauen.", sagte er ruhig.

Seine Stimme war aufrichtig und sein Blick hielt dem ihren stand.

„Dann sag mir, was es mit dem USB-Stick auf sich hat?"

Irritiert und verständnislos legte sich Lucians Stirn in tiefe Falten.

„Ich verstehe nicht."

„Der USB-Stick?"

„Welcher USB-Stick?"

„In meinem Schreibtisch lag heute Morgen plötzlich ein Stick und es bleiben nur zwei Menschen, die ihn dahin gelegt haben können. Überraschung – du bist einer davon. Ich sehe aber aus deiner Reaktion, dass du es anscheinend nicht warst."

Das Gefühl von Erleichterung machte sich in Antonia breit.

„Lass mich raten, die zweite Person ist Sebastian. Weshalb sollte er einen USB-Stick bei dir *verstecken*?"

„Das frägst du mich!", überschlug sich ihre Stimme fast.

„Mir scheint aber, dass Sebastian nur deswegen bei mir war und seine Entschuldigung nur ein Vorwand." Frustriert kratzte sich Antonia an der Stirn.

„Es ist nicht mehr der Sebastian, den ich geheiratet habe. Es ist, als hätte sich jemand seines Körpers bemächtigt. Weißt du, was ich meine, Lucian?"

„Er hat sich nicht zu seinem Vorteil verändert. Vielleicht verkehrt er in den falschen Kreisen und wurde dadurch so.", versuchte Lucian Sebastians Verhalten zu erklären, auch wenn er ganz andere Worte auf der Zunge hatte. Doch er sah Tränen in Antonias Augen schimmern, die immer noch an den Gefühlen für den ‚alten' Sebastian hing.

Antonia griff in ihre Hosentasche, der bunten Short und zog den USB-Stick heraus und hielt ihn Lucian unter die Nase.

„Ok, Lucian ich vertraue dir. Können wir schauen, was da drauf ist."

Lucian jubilierte innerlich. Er bekam Einsicht auf die, auf dem Stick, gespeicherten Daten und Antonia lieferte ihm einen enormen Vertrauensbeweis.

***

Cleo und Josh zogen los, um Eintrittskarten für eine Show zu besorgen. Antonia schloss sich den beiden an, da sie sich auch dafür interessierte. Da noch genügend Tickets zur Verfügung standen, beschloss Antonia Lucian zu fragen, ob er Lust hatte mitzukommen. Es wäre schön, dieses Erlebnis mit ihm zu teilen. Sie würde ihn wegen den Tickets gleich nach seinen geschäftlichen Telefonaten fragen.

Antonia wünschte sich sehr, dass aus dieser ungeplanten Begegnung mehr entstand. Lucians Gefühlszugeständnis heute Nacht war eine Bestätigung, dass er ebenso empfand.

Für den heutigen Tag gab es keine konkreten Pläne. Die Tatsache, dass Sebastian noch lebte und in kriminelles, bizarres, Treiben verwickelt war, blieb bei allen mehr, oder minder präsent und verdarb die gelöste Urlaubsstimmung. Das hatte Sebastian hervorragend hinbekommen!

***

Seit dem gemeinsamen Frühstück war etwa eine Stunde vergangen und Lucian hatte erwähnt, dass seine Telefonate durchaus einige Zeit in Anspruch nehmen würden. Antonia schlenderte ohne Zeitdruck zurück zu ihrem Zimmer, wo sie auf Lucian warten wollte.

Sie betrat ihr Zimmer und stieß einen lauten Schrei des Entsetzens aus. Ihre Kleidung war aus dem Schrank gerissen, ebenso sah es mit dem Inhalt der Schubladen aus, die durchwühlt und verwüstet waren. Selbst das Bettzeug war bis auf die Matratze auf den Kopf gestellt und auseinandergenommen. Aus dem Badezimmer war ein leises, kratzendes Geräusch zu vernehmen. Antonia fühlte eine Gänsehaut nach der anderen über ihren Körper jagen und ihr Herz klopfte tobend und laut gegen ihren Brustkorb.

***

Im nächsten Moment jagte sie mit wild wehenden Haaren aus ihrem Zimmer, den Gang entlang und hämmerte hysterisch an Annrikes Türe. Hoffentlich war Ann noch nicht am Pool, bettelte Antonia inständig.

„Ann, Annriiikeee, mach auf.“

Annrike öffnete die Tür und stand Sonnencreme verschmiert und verdutzt vor ihrer Freundin.

„Was ist los, Maus?“

„Lass mich, bitte, rein.“

Antonia drückte sich an Annrike vorbei ins Zimmer, verkroch sich im Bett und zog die Zudecke unters Kinn und begann herzerweichend zu weinen.

„Maus, oh Gott was ist passiert? Hat Sebastian, der Arsch, dir was getan?“

Annrike achtete nicht weiter auf die Sonnencreme, sondern krabbelte zu ihrer Freundin aufs Bett und nahm Antonia schützend und tröstend in den Arm.

Die Tränen verebbten nach einigen Minuten, doch das Zittern bekam Antonia nicht unter Kontrolle.

„Jemand hat mein Zimmer durchwühlt.“, presste sie keuchend hervor.

Annrike schlug sich entsetzt die Hand vor den Mund und das Blut wich aus ihrem Gesicht.

„Bei dir wurde eingebrochen?"

Antonia nickte.

„Wurde etwas gestohlen?"

„Weiß ich nicht. Ich habe nur gesehen, dass alles durchwühlt wurde. Aus dem Badezimmer habe ich dann ein Geräusch gehört und ich hatte Angst, dass sich derjenige womöglich noch in meinem Zimmer versteckt. Deshalb bin ich sofort geflüchtet und zu dir."

„Fuck! Natürlich! Du hast absolut richtig gehandelt. Oh, Scheiße!"

Annrike wurde jetzt erst bewusst, was alles hätte passieren können und sie drückte Antonia fest an sich.

„Wir müssen die Rezeption verständigen und die Polizei!", erklärte Annrike nüchtern.

Antonia putzte sich die Nase und nickte völlig am Ende ihrer Kräfte.

„Soll ich Kolja Bescheid sagen? Er hat durch seinen Job bestimmt Erfahrung in diesen Dingen."

Unsicher zuckte Antonia mit den Schultern. Sie hatte versprochen Lucian zu vertrauen, doch brodelten Zweifel in ihr. Kaum, dass Lucian über den USB-Stick Bescheid wusste, wurde in ihrem Zimmer eingebrochen.

Andererseits wusste Lucian, dass Antonia den Stick bei sich trug und nicht in der Schublade gelassen hatte. Diese nagenden Bedenken teilte sie Annrike mit.

„Das stimmt, irgendwo sind es ziemlich viele seltsame Zufälle. Aber ich vertraue auf meine Menschenkenntnis und bin davon überzeugt, dass weder Lucian, Kolja, noch Josh uns etwas Schlechtes wollen. Apropos Josh, ist Cleo auf ihrem Zimmer?"

„Wenn, dann ist Josh bei ihr. Die beiden sind wegen den Tickets zusammen unterwegs."

„Ok.", nickte Annrike und ihr grüblerisches Gesicht verunsicherte Antonia.

„An was denkst du?"

„Wir sollten kontrollieren lassen, ob in Cleos Zimmer ebenfalls eingebrochen wurde. Wenn ja, dann wird das hier sehr merkwürdig."

„Oh, Gott!"

„Bei mir war nichts, aber ich bin nach dem Frühstück auch sofort aufs Zimmer. Die Tür war ganz normal verschlossen."

„Das war bei mir ebenso der Fall, nur der Raum selber war ein Chaos!"

Angespanntes Schweigen lag im Raum.

„So hatten wir uns den Urlaub nicht vorgestellt!"

***

Der Einbruch ereignete sich in der Zeit, als Lucian und Kolja ihre Videokonferenz mit ihrem Chief Inspector nachbesprachen.

Mit dem Auftauchen Pernicieuxs und dem USB-Stick, den von Jarau bei Antonia versteckt hatte, kam endlich Bewegung in den Fall. Kolja schilderte, dass Pernicieux keine verdächtigen Fragen gegenüber den drei Frauen äußerte. Sie hatten von einem charmanten Gespräch berichtet, was nach einer ersten Kontaktaufnahme, einem Abchecken der Lage klang. Woher der gesuchte Verbrecher allerdings die Information zu Antonia und ihren Freundinnen herhatte, war und blieb ein Rätsel. Der Maulwurf spielte ein übles Spiel!

Über den USB-Stick konnte Lucian noch keine Auskunft geben, doch das würde sich in den nächsten Stunden ändern. Sein Boss war beeindruckt, dass ihm Antonia so weit vertraute, ihm vom Stick zu erzählen und mehr noch, ihn einen Blick auf die Daten werfen zu lassen. Die Männer waren sich sicher, dass es sich um die Liste der Käufer und Mittelsmänner handelte, die von Jarau Pernicieux geklaut hatte, um damit sein eigenes

Waffenschieber-Imperium aufzubauen. Damit begann sich der Kreis zu schließen, womit die Ausschreibung bei Interpol auf der ‚Red Notice' Liste startete.

Koljas Handy klingelte schrill. Er nahm es zur Hand, sah auf das Display und stellte es auf Vibration.

„Annrike – sie muss noch kurz warten.", erklärte er Lucian.

„Wir müssen extrem vorsichtig sein. Antonia rückt mit dem Stick noch mehr in einen gefährlichen Fokus. Ich hoffe, der Chief findet bald heraus, wer unsere Ermittlungen derart untergräbt und angreifbar macht."

Koljas Handy brummte und vibrierte.

„Josh wird später die Kameras im Gang vor Antonias Zimmer an unsere Überwachung knüpfen."

Erneut brummte sein Handy, verstummte, um kurz darauf erneut einen penetranten, anhaltenden Ton von sich zu geben.

„Entschuldige, bitte, ich sag Annrike, dass es noch einen Moment dauert."

Kolja ging etwas genervt an sein Handy.

„Ann, ich bin in 10 Minuten..."

Lucian hörte Annrikes aufgeregte Stimme. Koljas Mimik wurde ernst und alarmiert.

Auch seine Stimmlage veränderte sich, als er jetzt der Anwältin antwortete. Seine Stimme war leiser und beruhigend.

„Annrike, wir sind gleich bei euch. Ich hole Lucian und informiere ihn. Bis gleich meine Liebe, alles wird gut!"

Er beendete das Gespräch und im selben Augenblick entfuhr ihm eine Reihe unschicklicher Wörter.

„Scheiße, Dreck, Fuck! In Antonias Zimmer wurde eingebrochen."

Im selben Augenblick stand Kolja schon an der Tür und wartete ungeduldig auf Lucian, der die Information erst einmal verarbeiten musste.

„Wann? Jetzt? Geht es Toni gut?"

Pochend fühlte er seinen Herzschlag hinter seinen Schläfen.

„Antonia ist bei Ann."

Lucian plagte die Sorge um Antonia und doch musste er seinen Vorgesetzten von dem Vorfall Bericht erstatten. Schweren Herzens entschied er daher:

„Geh du, Kolja. Ich gebe Josh Bescheid, der muss sich schleunigst in die Überwachung des Hotels einloggen und schauen, ob er auf den Aufzeichnungen den Einbrecher findet. Ich informiere Chief Villain über den Einbruch und spreche einen Personenschutz an. Sobald ich das geregelt habe, komme ich selbstverständlich nach!"

***

Es waren zwei Personen, vermutlich Männer, die sich gekonnt Zugang zu Antonias Zimmer verschafft hatten und in nur knapp fünf Minuten alles durchwühlten. Josh sah sich die Aufnahme immer und immer wieder an, aber er konnte kein Gesicht, kein besonderes Merkmal an den Einbrechern erkennen. Anscheinend wussten sie genau, wie sie sich bewegen mussten, um den aufmerksamen Objektiven der Kameras zu entgehen. Da er nicht mehr erkannte, als das Sicherheitsteam des Hotels, konnte er der örtlichen Polizei auch nicht weiterhelfen. So blieb aber wenigstens ihre wirkliche Identität und ihre Undercover Mission geschützt.

Der Chief Inspector war überhaupt nicht angetan über den Vorfall und machte seiner schlechten Laune am Telefon Luft.

„Wie kann es sein, dass innerhalb von einer Stunde die Information über den Stick durchgesickert ist. Wo war denn Mr. Gabriel? Auf jedem Fall nicht vor seinem Laptop! Gott verdammt Lucian, jetzt ist der USB-Stick fort und wir wissen nicht wer ihn hat."

„Aber Sir, ..."

„Schenken sie sich die Erklärungsversuche! Sehen sie zu, dass sie herausbekommen, wer in das Zimmer eingebrochen ist."

„Sir…"

„Gent, es reicht. Sie haben genug Zeit verplempert und sich wohl zu sehr von den weiblichen Reizen einlullen lassen. Jetzt ist das zentrale Beweisstück weg und was haben sie dazu zu sagen?"

„Aber Chief, das versuche ich doch die ganze Zeit mitzuteilen. Der Stick ist nicht weg! Antonia hatte ihn mit beim Frühstück und war dann noch im Hotel unterwegs, als der Einbruch erfolgte."

Ein kleines Gefühl von Triumpf machte sich in Lucian breit, als auf diese Aussage nur Schweigen am anderen Ende der Leitung zu hören war.

„Dann können sie sich bei Mrs. von Jarau bedanken, dass sie eine letzte Chance bekommen, Pernicieux und Sebastian von Jarau endlich dingfest zu machen! Gent, ich bin sehr enttäuscht von ihnen. Ich sah in ihnen wirklich einen Mann mit Potenzial, einen zukünftigen Anwärter einer Chief Inspector Position…. Schade, wirklich schade."

„Sir, ich werde den Fall lösen und von der ‚Red Notice' Liste streichen. Sie können sich auf mich verlassen!"

„Ich erwarte eine umgehende Berichterstattung, welche Daten auf dem USB-Stick sind!"

„Ja, Sir!"

***

Lucians Verärgerung und sein verletzter Stolz hinterließen einen bitteren Beigeschmack, als er mit zügigen Schritten den Hotelgang durchquerte und an die Zimmertüre klopfte. Er hatte einen Entschluss gefasst, der ihm nicht leichtfiel, für alle aber wohl das Beste war, zumindest bis zur Aufklärung des Falles. Prüfend sah er sich nach den Überwachungskameras um. Er wusste, Josh saß über dem Computer und erteilte Anweisungen an das restliche Team der Überwachungsabteilung. Kolja traf sich währenddessen mit dem Sicherheitsteam, dass sich um die Beschattung Pernicieuxs und von Jaraus kümmerte. Sie hatten alle drei kläglich versagt und sich von der Stadt und den Frauen zu einem urlaubsähnlichen Zustand verleiten lassen. Das hatten sie nun davon!

Lucian war froh, dass Antonia den USB-Stick mit zum Frühstück genommen hatte. Sie hatte ihm sprichwörtlich den Arsch gerettet!

„Wer ist da?", hörte er Annrike auf der anderen Seite der Tür fragen.

„Ich bin es, Lucian."

Die Tür wurde geöffnet und Annrike bat ihn herein.

„Wir sind gerade fertig geworden, Antonia in dieses wundervolle, neue Zimmer umzuziehen!", teilte Cleo mit, die mit einem Glas Champagner und einer tiefroten Erdbeere auf dem Bett saß und Lucian angrinste.

„Das Hotel hat keine Kosten und Mühen gescheut, den furchtbaren Vorfall mit diversen Präsenten, Zuwendungen und Gefälligkeiten quasi ungeschehen zu machen.", erklärte Annrike spöttelnd und deutete mit einer Kopfbewegung auf die riesige Champagnerflasche auf dem modernen Glastisch vor dem Panoramafenster.

Antonia trat aus dem Badezimmer, ging an Lucian vorbei und kümmerte sich nicht wirklich um seine Anwesenheit.

„Wir gehen dann mal und holen die Eintrittskarten. Nicht wahr, Cleo."

Annrikes Ton war nachdrücklich und sie griff nach Cleos Hand und zog sie vom Bett auf. Cleo konnte die Champagnerflöte in ihrer Hand gerade noch abstellen, bevor sie zur Tür hinausgeschoben wurde.

„Bis später!"

Die Tür fiel knackend ins Schloss.

Antonia räumte einige ihrer Habseligkeiten in die Schubladen, lief an Lucian vorbei ins Badezimmer, kehrte zurück und hantierte, ihn weiter ignorierend, umher. Lucian fühlte, dass eine negative Anspannung in der Luft lag. Diese wurde nicht nur durch seine Verärgerung ausgelöst, nein, es war auch Antonias Stimmung, die schwer und geladen die Atmosphäre vergiftete.

„Ich bin froh, dass du nicht auf dem Zimmer warst, als der Einbruch erfolgte.", begann er das Gespräch.

„Mhm.", grummelte Antonia.

„Geht es dir gut?", versuchte es Lucian weiter.

Antonia, die vor dem Panoramafenster stehen blieb, drehte sich zu Lucian um. Ihre saphirblauen Augen funkelten.

„Interessiert es dich wirklich, oder frägst du nur aus Höflichkeit?"

Sein Kiefer verkrampfte sich schlagartig und er hätte am liebsten seiner schlechten Laune Luft gemacht, doch riss sich Lucian zusammen und er blieb höflich.

„Ich habe mir Sorgen um dich gemacht und möchte wissen, ob es dir gut geht, Antonia."

Sie warf ihr langes Haar energisch zurück und auf ihrem Dekolleté bildeten sich rote Flecken. Antonia war sauer, verunsichert und nervlich schlicht am Ende. Sie bemerkte einen dicken Kloß in ihrem Hals aufsteigen und Tränen brannten in ihren Augen. Sie wollte nicht die Fassung verlieren und kämpfte dagegen an.

„Findest du es nicht seltsam, dass kurz nachdem ich dir von dem blöden Stick erzählt habe, in meinem Zimmer eingebrochen wurde?"

„Ich wusste, dass du den Stick bei dir hattest und er nicht in deinem Zimmer war. Warum sollte ich also bei dir einbrechen, oder einbrechen lassen? Warum sollte mich der Stick generell interessieren?", seine Verärgerung war deutlich hörbar.

Soweit hatte Antonia tatsächlich nicht gedacht und dieses Argument nahm ihr den Wind aus den Segeln.

„Du hast mich mit dem Einbruch einfach hängen lassen.", Antonias Stimme zitterte.

„Ich habe gearbeitet, Antonia! Kolja stand dir mit seiner Expertise sofort zur Seite und blieb bis die Polizei ging, in deiner Nähe. Du hast ein anderes Zimmer zugewiesen bekommen und Annrike und Cleo haben dir beim Umzug geholfen. Du warst nie allein!"

Die Worte waren hart und er sah wie sie Antonia trafen. Er konnte ihr nicht sagen, wieviel Angst er um sie hatte, dass sie weiter ins Fadenkreuz zwischen Pernicieux und ihrem Ex-Mann geriet. Wenn es nach ihm persönlich ginge, würde er Tag und Nacht an ihrer Seite bleiben, bis die Mistkerle hinter Gitter saßen! Doch stattdessen musste er sie auf Distanz halten und eine abweisende, kühle Haltung an den Tag legen.

Antonia nickte traurig.

„Du musst nicht meinen Babysitter spielen, aber in den letzten Tagen hat mir deine Anwesenheit das Gefühl von Sicherheit gegeben, deshalb hatte ich in diesem Kontext auf deinen Beistand gehofft."

Lucian fühlte sich wie der größte Unmensch, als er weitersprach.

„Ich verbringe sehr gerne Zeit mit dir, doch muss ich meinen beruflichen Verpflichtungen nachkommen. Niemand kann sagen, ob wir nach den Tagen in Las Vegas eine Chance für eine Beziehung bekommen, oder ob es lediglich ein Urlaubsflirt war."

Die Farbe wich aus Antonias Gesicht und sie starrte Lucian an.

„Ich muss für einige Tage geschäftlich nach Los Angeles und werde in dieser Zeit versuchen, meine Gedanken und Gefühle zu ordnen."

„Was hat sich zu gestern verändert?", fragte Antonia verunsichert.

„Das alles ..."

Lucian machte eine bedeutungsvolle Pause.

„Ich meine das mit deinem Ex-Mann, dann der Einbruch...Wo gerate ich da hinein? Bist du wirklich das Opfer? Ich weiß auch nicht mehr was ich denken soll!"

Lucian fühlte Schweiß auf seine Stirn treten und seine innere Stimme schrie ihn an. ‚Gent du bist ein elendiges Scheusal!'

„Du misstraust mir? Du denkst, ich hänge da mit drin?", Antonia drehte sich verbittert zum Fenster.

„Ich kann dich verstehen.", fügte sie frustriert an und zog ihre Arme schützend um sich.

„Selbst, wenn ich heute aus Las Vegas abreisen würde, kann ich nicht sagen, ob ich damit aus der Misere bin, oder, ob das Chaos in Deutschland weitergeht, was Sebastian weiter vorhat. Ob der Einbruch überhaupt mit Sebastian zusammenhängt. Ich bin schlicht am Ende, Lucian und ratlos."

Diese Aussage brach ihm fast das Herz. In wenigen Schritten war er bei ihr und zog sie in seine Arme.

„Du darfst nicht aufgeben, Antonia.", flüsterte er an ihre Schläfe.

„Ich frage mich für was, Lucian.", schiere Verzweiflung klang aus ihrer Stimme.

„Ich brauche Zeit, Antonia."

Ein kleines Lächeln zog über ihr trauriges Gesicht, über das er sanft mit seinen Fingerspitzen strich.

„Ich versuche noch vor eurer Heimreise wieder hier zu sein, versprochen!"

Lucian hauchte einen Kuss auf ihre Lippen und sah in ihre mit Tränen gefüllten Augen. Ihm war hundeelend.

„Kolja und Josh?"

„Die bleiben natürlich in Vegas."

Unendlich langsam löste er seine Arme von Antonia und wandte sich zum Gehen.

„Kennst du eigentlich den Inhalt des USB-Sticks?", fragte Lucian so beiläufig wie möglich.

Antonia griff in ihre Hosentasche, zog etwas heraus und bevor er wusste wie ihm geschah, warf sie ihm das Ding zu. Es war der mysteriöse Stick.

„Keine Ahnung was da drauf ist. Schau du nach, vielleicht beweise ich dir damit, dass ich mit Sebastian und seinen kranken Aktivitäten nichts am Hut habe."

Lucian jubilierte innerlich, hielt den Stick aber mit neutraler Miene in die Höhe.

„Bist du dir sicher?"

„Ich will damit nichts zu tun haben.", schüttelte Antonia den Kopf.

„Dann sehe ich nach, was drauf ist und sage dir Bescheid."

„Von mir aus.", zuckte sie desinteressiert mit den Schultern.

„Ich melde mich, Antonia."

„Gute Reise, Lucian."

***

„Ich denke der Stick ist verschlüsselt, aber für dich sicher kein Problem. Kannst du bis morgen ein Ergebnis liefern?"

„Müsste ich hinbekommen.", erklärte Josh, der den USB-Stick zwischen seinen Fingern drehte.

„Kolja berichtete, dass von Jarau sich am Poolbereich herumdrückte, doch nahm er keinen Kontakt zu Antonia auf. Was auch nicht funktioniert hätte, da immer einer von euch beiden in ihrer Nähe war."

Josh nickte.

„Wenn es nach mir ginge, dann würde sich der Scheißkerl Antonia nie wieder nähern.", grollte Lucian.

„Das verstehe ich total, aber leider müssen wir herausbekommen, was er im Schilde führt. Ich verspreche dir, in den nächsten Tagen Antonias Schatten zu sein!"

„Danke, Josh!", müde und frustriert rieb sich Lucian übers Gesicht.

Seitdem er Antonia angelogen und sich hier in seinem Hotelzimmer verbarrikadiert hatte, konzentrierte er sich voll auf den Fall.

„Gibt es Neuigkeiten von Pernicieux?"

„Einer seiner Bodyguards lungert hier im Hotel herum. Er hat zwar versucht, sich durch ein Basecap unter den Schirm der Überwachungskameras hindurch zu schummeln, aber unser Programm der Gesichtserkennung hat ihn trotzdem eindeutig identifiziert."

„Interessant wird es, wenn von Jarau herausfindet, dass Antonia in einem anderen Zimmer wohnt."

„Dann gibt es zwei Möglichkeiten. Er nimmt wieder Kontakt zu Antonia auf und muss zugeben, dass er den Stick in der Schublade versteckt hat, oder er verschafft sich Zutritt zu ihrem alten Zimmer, weil er den Stick noch dort vermutet."

„Egal welche Möglichkeit er wählt - wir sind ihm einen Schritt voraus!"

„Hast du dem Chief schon berichtet, dass der Stick in unseren Händen ist?"

Lucian schüttelte den Kopf und kniff nachdenklich die Augen zusammen.

„Ich überlege eine Strategie, wie wir den Stick als Köder verwenden können."

„Wie meinst du das?"

„Da es einen Maulwurf in unseren Reihen gibt, der entweder mit Pernicieux, oder mit von Jarau unter einer

211

Decke steckt, wird er von dem Stick sicher erfahren und das wird eine Handlung auslösen."

„Raffiniert!", grinste Josh.

„Wir drei müssen wie in einer Symbiose zusammenarbeiten. Ihr seid die Einzigen, denen ich noch voll vertraue. Es wird Zeit, dass wir diesen Fall abschließen!"

„Absolut, schließlich haben Cleo und ich in ein paar Tagen noch Großes vor!"

Lucian sah seinen Freund bei dieser Äußerung verdutzt an.

„Ihr wollt aber nicht heiraten, oder?"

„Das ist doch verrückt, Cleo!"

Annrike stemmte ihre Fäuste auf den elegant gedeckten Tisch, an dem sie saßen.

„Das stimmt, aber es fühlt sich richtig an!", erwiderte Cleo unbeeindruckt.

„Ihr kennt euch keine zwei Wochen! Wollt ihr nicht warten?", legte Ann nahe.

Cleo griff nach der Hand ihrer Freundin.

„Ann, überleg mal. Auf was soll ich warten? Jetzt geht es mir noch gut und ich kann die Hochzeit hier, in dieser verrückten Stadt, voll genießen. Wer weiß, wie es mir in wenigen Wochen, oder Monaten geht!"

„Cleo hat recht! Auf was soll sie warten, Ann?", pflichtete Antonia dem Hochzeitsplan bei.

„Siehst du! Antonia sieht es genauso! Wir können ein Brautkleid aussuchen und damit einen weiteren Punkt auf meiner Wunschliste streichen, einmal ein Brautkleid anzuprobieren...", erklärte Cleo mit euphorisch leuchtenden Augen.

„Wann soll das Ereignis denn steigen?", fragte Annrike mit einem resignierenden Unterton.

„In drei Tagen. Lucian ist Joshs Trauzeuge und der kann wohl frühestens in drei Tagen wieder hier sein."

„Na, dann … Herzlichen Glückwunsch, Cleo. Lasst uns auf das zukünftige Brautpaar anstoßen.", erhob Antonia überschwänglich ihr Glas.

„Ok, dann auf das zukünftige Brautpaar!", schnaubte Annrike.

Urplötzlich, als sie das Glas an die Lippen brachte, begann Antonias Kopfhaut zu prickeln und sie fühlte sich beobachtet, doch als sie mit raschen Blicken das Restaurant absuchte, konnte sie niemanden entdecken. Kolja hatte nach dem Einbruch vorgeschlagen, dass Antonia abwechselnd bei Cleo, oder Annrike übernachtete und das war in diesem Augenblick sehr beruhigend. Angst schlich sich durch Antonias Knochen und säße sie nicht umgeben von mehreren Dutzend Menschen im Restaurant, wäre sie wohl völlig panisch, vor der unbekannten Bedrohung, davongerannt.

***

Der USB-Stick enthielt tatsächlich die Liste der illegalen Machenschaften, die Pernicieux vor etwa drei Jahren über einen Verräter im Verteidigungsministerium ergaunert hatte.

Mehr noch, es war eine Aufstellung an Betrügern, Geldschiebern und Schwerkriminellen, mit denen auch von Jarau Geschäftsverbindungen unterhielt. Genaugenommen war es ein Sammelsurium der korruptesten und grausamsten Verbrecher weltweit.

Hier ging es nicht mehr nur um Waffenschieberei, nein Prostitution, Hehlerei, Auftragsmorde etc. Mit Hilfe dieser Liste konnten einige ungeklärte Fälle endlich abgeschlossen werden und den elendigen Verbrechern das Handwerk gelegt werden. Josh nahm sich die Liste genauer vor, um Zusammenhänge zu ihrem Fall, oder auch neue Hinweise auf den Maulwurf zu finden. Die Daten waren aber immer wieder verschlüsselt und so würde es einige Zeit dauern, sich durch den Inhalt zu forsten.

***

Lucian war Antonia so dankbar, dass sie ihm den Stick überlassen hatte, doch wusste er genau, in welcher Gefahr sie damit schwebte. Pernicieuxs Handlanger lungerten ständig im Hotel herum und von Jarau war denen schon zweimal nur knapp entwischt. Welchen Schritt planten sie als nächstes?

Die Bilder der Überwachungskameras flimmerten über den Monitor, als Lucian einer Bewegung gewahr wurde, die seine Aufmerksamkeit weckte. Interessiert sah Lucian zu, wie sich ein Mann auf Antonias ‚alte' Zimmertür zubewegte. Das Gesicht des Besuchers konnte Lucian nicht erkennen, aber der Statur nach war es von Jarau. Angespannt beugte sich Lucian näher an den Monitor und sah wie an die Türe geklopft wurde. Einen kurzen Moment später öffnete sich die Tür und ein älterer Herr kam ins Bild. Es folgte eine kurze Kommunikation, der ältere Herr schüttelte mehrmals den Kopf und die Tür wurde geschlossen. Der Besucher blieb im Gang stehen, ehe er auf dem Absatz kehrt machte und Richtung Aufzüge schritt.

Über die Kameras an den Aufzügen konnte Lucian die Person identifizieren und es war tatsächlich von Jarau, der ein ziemlich verärgertes Gesicht machte. Es war klar, dass Sebastian den USB-Stick wiederhaben wollte. Nun blieb ihm nichts anderes übrig, als Antonia am Pool, oder generell hier im Hotel abzufangen, um den Verbleib zu klären.

Aufmerksam verfolgte Lucian deshalb Sebastians Weg durch das Hotel und sah, wie plötzlich Pernicieuxs Männer neben von Jarau auftauchten, ihn quasi in die Zange nahmen, so dass er nicht flüchten konnte und mit ihm Richtung Parkgarage verschwanden.

Lucian griff umgehend zum Handy.

„Kolja, bist du noch unterwegs?"

„Ich bin soeben ins Parkhaus des Hotels eingebogen!"

„Pernicieuxs Männer haben von Jarau in der Einkaufsmeile erwischt und sind auf dem Weg ins Parkhaus."

„Shit!"

„Ich bleibe über die Überwachung dran und gebe dir durch, wohin sie gehen!"

„Ich wende das Auto und stehe dann nahe der Ausfahrt, damit ich folgen kann!"

„Moment… Ok, sie sind in der 1. Parkebene…. Sie drängen von Jarau in einen schwarzen SUV, getönte Scheiben, Zulassung Staat New York…. Sie sind losgefahren!"

„Ich verständige das Team und hänge mich in einigem Abstand ans Fahrzeug."

„Achtung, sie müssten gleich in Sichtweite kommen!"

„Fahrzeug gesichtet! Ich bleib dran und melde mich wieder!"

Lucian war froh, dass Bewegung in die Sache kam, doch durften sie jetzt keinen Fehler machen! Er musste in seinem Zimmer bleiben, die als provisorische Einsatzzentrale diente. Dummerweise hatte er Josh den Nachmittag freigegeben, damit er mit Cleo die Hochzeit vorbereiten konnte. Selbstverständlich stand ihm ein ganzes Kollektiv an Computer- und Überwachungsspezialisten zur Verfügung, aber denen vertraute er nicht in gleicher Weise.

Noch während dieses Gedankens, wählte er die Telefonnummer des Chiefs, der sofort nach dem ersten Klingeln antwortete:

„Gent, was gibt es."

„Chief, von Jarau wurde soeben von Pernicieuxs Männern aufgespürt und mit einem schwarzen SUV vom Hotelgelände gebracht. Nikolajew hat das Sicherheitsteam verständigt und ist mit dem Auto auf Verfolgung."

„Ich erwarte eine sofortige Berichterstattung! Sie haben erst die Zugriffsermächtigung, wenn wir sicher gehen können, dass auch Pernicieux gefasst wird."

„Sir, sollte es zum Schutz meiner Männer sein, werde ich auch schon vorher einen Zugriff freigeben!"

„Was ist mit dem Stick? Hat ihnen Mrs. von Jarau diesen schon ausgehändigt?"

Der Tonfall des Chiefs gefiel Lucian ganz und gar nicht!

„Sir, wir werden die Daten auslesen..."

„Wo ist der Stick jetzt? Sind sie alle zu sehr auf die Frauen fixiert und vergessen, um was es hier geht?"

Ein zweiter eingehender Anruf erschien auf Lucians Display. Es war Kolja.

„Entschuldigen Sie Chief, aber Kolja ruft an, ich melde mich später noch einmal."

Josh hatte etwas von einem Computer Notfall bei einem Kunden erzählt, als er Cleo, Annrike und Antonia am Tisch sitzen ließ. Mit einem verliebten Seufzer sah Cleo ihrem zukünftigen Mann nach, um sich dann wieder der Portion Nudeln auf ihrem Teller zu widmen.

Antonia stocherte in ihrem Essen herum und war sehr nachdenklich, als es aus ihr mit einem Mal herausprudelte:

„Findet ihr das langsam nicht seltsam?"

Annrike zog die Augenbrauen zusammen.

„Was meinst du?"

„Kolja war heute wegen irgendetwas unterwegs, jetzt hat Josh plötzlich einen dringenden Notfall, Lucian verschwindet für ein paar Tage nach L.A…"

Mit diesen Andeutungen sah sie ihre Freundinnen bedeutungsvoll an.

„Fällt euch da nichts auf. Findet ihr das normal?"

„Ja, schon.", erklärte Cleo vorsichtig, die den Unterton in Antonias Stimme kannte, der von geladener Emotion zeugte.

„Kannst du näher erklären, *was* uns auffallen sollte?"

Antonia schloss die Augen und kniff sich ihren Nasenrücken.

„Ich denke immer noch an Sebastians Nachricht, dass ich mich mit den falschen Menschen umgebe und ich nur Mittel zum Zweck bin. Deshalb ...", Antonia verstummte.

Cleo und Annrike warteten auf weitere Erklärungen. Doch Antonia schüttelte energisch den Kopf und öffnete die Augen.

„Vielleicht drehe ich schlichtweg nur durch!", zuckte sie mit den Schultern.

„Josh und Kolja sind nach dem Einbruch in dein Zimmer sehr wachsam, das ist mir auch aufgefallen. Aber ich denke, sie meinen es nur gut und wurden von Lucian explizit angehalten, auf dich aufzupassen.", äußerte sich Annrike mit sanfter, ruhiger Stimme.

„Mein Bauchgefühl sagt mir, dass irgendetwas nicht stimmt und ich werde dieses Gefühl nicht los! Schaut, selbst jetzt stellen sich meine Haare an den Armen auf und mir läuft die Gänsehaut, weil ich den Eindruck habe, beobachtet zu werden."

„Darf ich meine ganz ehrliche Meinung sagen?"

Cleo wartete nicht auf Antonias Antwort, sondern sprach weiter.

„Da kannst du dich bei Sebastian bedanken! Oder denkst du, man steckt so etwas ohne Schaden weg? Mäuschen, dein Ex-Mann hat dich nach Strich und Faden verarscht und will dir ein schlechtes Gewissen einreden, weil er sieht, dass Lucian viel toller ist als er! Wenn du mich fragst, würde ich mir daheim einen Psychotherapeuten suchen, der hilft, dieses Trauma zu verarbeiten, aber definitiv Lucian eine Chance geben, dich glücklich zu machen. Ihr seid so ein hübsches Paar und ich habe dich schon lange nicht mehr so strahlen sehen, wie an seiner Seite."

Annrike pflichtete mit einem energischen Nicken dieser Aussage bei.

„Ich kann Cleo nur zustimmen! Ein Psychologe kann dir bestimmt helfen, diesen Wirrwarr in dir zu ordnen und die Beklemmungen, oder Angstgefühle zu überwinden. Du musst Lucian ja nicht gleich heiraten, wie das andere hier am Tisch mit ihrer Urlaubsbekanntschaft machen."

Annrikes Blick durchbohrte bei diesen Worten Cleo, die schallend auflachte. Mit einem sanften und liebevollen Lächeln fuhr die Anwältin an Antonia gewandt fort.

„Ihr seid äußerlich ein wunderschönes Paar, aber ihr habt beide auch das Herz am richtigen Fleck. Gebt euch eine Chance!"

Die aufmunternden Worte umschmeichelten Antonias Seele.

„Ihr habt wahrscheinlich recht und ich versuche mich die nächsten Tage zusammenzureißen."

„Du sollst dich nicht zusammenreißen, Antonia.", sagte Cleo mit ungewohnt ernster Miene.

„Wir wollen, dass du – du bist und es dir gut geht. Ich möchte vor allem, dass du glücklich wirst! ... Ach verdammt noch mal, können wir uns jetzt endlich auf mein Brautkleid konzentrieren, bevor ich hier noch losheule!", lachte und schniefte Cleo zugleich.

Da war er wieder, dieser Gedanke an die unheilbare Krankheit und das unabwendbare Schicksal. Antonia fühlte sich miserabel, weil sie ihre Probleme in den Vordergrund rückte. Sie atmete tief durch, verdrängte ihre Empfindungen und konzentrierte sich auf Cleos bevorstehende Hochzeit.

Für einen kurzen Moment schweifte ihr Blick allerdings im Restaurant umher und an einem der Nebentische entdeckte sie den eleganten Herren, den sie im Casino kennengelernt hatte.

Sie lächelte ihm zu, als sich ihre Blicke trafen und er nickte freundlich zurück, erhob sich und verließ das

Restaurant in Begleitung eines ebenso elegant gekleideten Herren.

***

Kolja war ins Hotel zurückgekehrt. Sein Team überwachte die Lagerhalle und das zugehörige Gelände, auf welches von Jarau durch Pernicieuxs Männer gebracht worden war. Pernicieux selber machte aber keine Anstalten dort aufzutauchen, sondern wurde von Josh beim Abendessen gesichtet.

„Als ich gegangen bin, saß Pernicieux unweit von Antonia und den anderen und schien auf jemanden zu warten. Dadurch kann es wirklich ein Zufall gewesen sein, dass er ausgerechnet in *diesem* Restaurant auftauchte.", erklärte Josh.

Lucian schüttelte energisch den Kopf.

„Nein! In diesem Fall glaube ich nicht an Zufälle!"

„Aber was bringt es Pernicieux, wenn er Antonia beobachtet? Er schickt ja nicht einmal seine Handlanger, sondern ist selber vor Ort."

„Wenn ich das wüsste, würde ich es dir sagen, Josh!", maulte Lucian seinen Freund grob an, was ihm im nächsten Augenblick furchtbar leidtat.

„Sorry, Josh. Ich wollte dich nicht angehen. Ich habe grässliche Angst um Antonia und der Chief hängt mir mit seinen Fragen im Nacken."

Josh schlug Lucian freundschaftlich auf die Schulter.

„Das verstehe ich, wir stehen alle ziemlich unter Druck. Was hast du dem Chief über den Stick gesagt?"

„Ich muss mich noch einmal bei ihm melden. Im Moment weiß er nur, dass der Stick nicht beim Überfall gestohlen wurde, sondern in Antonias Besitz ist."

Einzelheiten des unschönen Gesprächs mit seinem Vorgesetzten verschwieg Lucian. Schließlich wollte er Josh nicht noch zusätzlich unter Druck setzen und ihm die Freude auf die Hochzeit nehmen.

Kolja gähnte und streckte sich, bevor er sich umständlich aus dem Stuhl erhob.

„Mein Team meldet sich, wenn es Entwicklungen bei der Observierung gibt. Ich gehe zu Annrike und bin jederzeit übers Handy erreichbar. Oder wäre es dir lieber, wenn ich selber die Observation leite?"

„Danke, Kolja. Es ist vielleicht sogar besser, wenn du bei Annrike bist und heikle Fragen umgehst!"

„Dann bin ich weg."

„Ich nehme mir noch einmal den Stick vor, um die letzten Dateien zu entschlüsseln. Dann kannst du den Chief mit den Ergebnissen besänftigen.", grinste Josh schelmisch.

„Keine Hochzeitsvorbereitungen mehr?"

„Nein, das ist das Schöne an Las Vegas – kurze und schmerzlose Vorbereitung.", klatschte Josh erleichtert in die Hände.

Lucian lachte.

„Ihr seid schon irgendwie verrückt!"

„Irgendwie ja, aber es fühlt sich richtig an."

„Dann ist es auch richtig!"

Lucian umarmte seinen langjährigen Freund und bestätigte damit seine Aussage.

„Ich melde mich bei den einzelnen Teams, um zu hören, was Pernicieux macht, bzw. ob es an der Lagerhalle etwas Neues gibt. Dann melde ich mich beim Chief."

„Gönn dir aber auch etwas Schlaf, wenn es der Fall zulässt."

Mit diesen Worten verließ Josh Lucians Zimmer.

***

Müde rieb sich Lucian übers Gesicht und knöpfte langsam das Hemd auf, während er sich Richtung Badezimmer schleppte. Die Stunden waren verflogen und ehe er es bemerkte, graute der Morgen und die Sonne flutete sein Zimmer. Lucian hatte die Nacht damit verbracht, die Teams zu koordinieren, die Pernicieux und seine Handlanger observierten. Seine Augen waren müde von flimmernden Bildern, die über den Monitor flackerten. Seine Ohren schmerzten von den Ohrstöpseln und sein Körper war schwer vor Erschöpfung. Seine nackten Füße fühlten das weiche Gewebe des Teppichs. Er zog das Oberteil von seinen muskulösen Schultern und trat mit nacktem Oberkörper vor den großen Spiegel. Gemächlich öffnete er den Gürtel, der seine dunkelgraue Anzughose durchzog. Mit einem leisen, surrenden Geräusch öffnete sich der Reißverschluss und die Hose glitt an seinen langen Beinen hinab. Lucian stieg aus dem leichten Stoff, faltete das Beinkleid ordentlich zusammen und legte das Bündel auf die dunkle, leicht schimmernde, anthrazitfarbene Ablage. Der Anzughose folgte seine enganliegende, schwarze Boxershorts und just in dem

Moment, als Lucian unter die Dusche steigen wollte, hörte er im Schlafraum sein Handy.

„Das war klar!", murrte er.

Er machte kein Aufheben, sich etwas anzuziehen, sondern ging in seinem nackten Zustand zu seinem Mobiltelefon. Lucian sah eine Nachricht auf dem Display und der Name des Absenders ließ sein Herz schneller schlagen. Die Nachricht kam von Antonia:

‚Hi, ich hoffe, dir geht es gut. Vegas ist nicht das Gleiche ohne dich. Du fehlst mir. Kommst du zur Hochzeit? Antonia'

Lucian wusste, dass er ihr noch eine Nachricht wegen des USB-Sticks schuldig war, doch er hatte er sich die letzten Tage über davor gedrückt.

Mit ihrer Nachricht traf sie genau den Nerv, den Lucian mit der Arbeit verdrängt hatte – die Sehnsucht nach ihr. Schnell tippte er eine Antwort:

‚Hi, wie geht es dir? Ich vermisse dich. Bist du später telefonisch erreichbar? Ich möchte deine Stimme hören. Lucian'

‚Ich freue mich auf deinen Anruf!'

Ein warmes, erfüllendes Gefühl durchfuhr ihn und er legte das Handy beiseite und ging zurück ins Badezimmer, um rasch zu duschen. Er konnte es kaum erwarten, Antonias Stimme zu hören. Lucian dachte an ihre erste Begegnung und er konnte es nicht fassen, wie schnell sie sein Herz erobert hatte. Er fühlte ihre Küsse und sah ihren reizvollen, wunderschönen Körper, der sich seinen Berührungen und Liebkosungen hingab. Lucian schloss die Augen und genoss das warme Wasser, dass über seinen entflammten Körper strömte. Die Fantasie, Antonia hier bei sich zu haben, sich von der Leidenschaft und Sehnsucht einfach treiben zu lassen, führte ihn an einen Punkt von Erregtheit, der schmerzte und sich schließlich mit einem lauten, impulsiven Stöhnen entlud.

Lucians Atem ging schwer und er öffnete die zu Fäusten geballten Hände und wohlige Befriedigung wogte durch seine Adern. Ein verschlagenes Grinsen breitete sich auf seinem Gesicht aus. Das war ihm seit seiner Teenagerzeit nicht mehr passiert!

***

„Ich erwarte sie umgehend!"

„Haben sie neue Informationen, Chief Villain?"

„Das erfahren sie vor Ort! Und kein Wort zu irgendjemanden."

„Josh und Kolja…"

„Sie haben mich verstanden! Zu keinem ein Wort!", blaffte Lucians Vorgesetzter.

Was konnte nur vorgefallen sein, dass der Chief schon am frühen Morgen mit so einer üblen Laune anrief.

Lucian hatte keine Lust noch einmal angeblafft zu werden, deshalb bestätigte er, dass er in wenigen Minuten zu der genannten Adresse aufbrechen würde.

Mit einem schnellen Schluck, leerte Lucian die Tasse Kaffee, die noch von seinem Frühstück übrig war, griff nach seinem Handy, dem Autoschlüssel und eilte zur Hotelgarage. Mit aufmerksamen Blicken nahm er die Umgebung um sich wahr und achtete darauf, nicht Antonia und ihren Freundinnen über den Weg zu laufen. Diese Erklärungsversuche wollte er nicht herausfordern.

***

Der Hunger hatte Lucian davon abgehalten, Antonia gleich nach der äußerst befriedigenden Dusche anzurufen. Er wollte zuerst frühstücken und sich dann bei ihr melden. Doch dann war es der fordernde Anruf seines Chefs, der seine Pläne erneut über den Haufen warf. Während er jetzt durch die morgentlichen Straßen der Stadt fuhr, wählte er Antonias Nummer und schon nach kurzem Klingeln nahm sie das Gespräch an.

„Hi!"

„Hi!"

„Schön, dass du dich meldest."

Lucian lächelte.

„Versprochen ist versprochen. Gehst du frühstücken?"

„Ja, ich warte auf Annrike. Warst du schon frühstücken?"

„Mhm. Ich habe mir vom Zimmerservice etwas liefern lassen."

„Du wohnst im Hotel?"

„Ja, liegt näher an der Zentrale, als mein Appartement."

Mist, Antonia wusste, dass er eigentlich in Los Angeles wohnte. Das wäre beinahe schief gegangen.

„So muss ich nicht durch die halbe Stadt fahren.", fügte er noch erklärend hinzu.

„Bist du im Auto unterwegs?"

„Ich bin auf dem Weg zu meinem Chef. Der hat mich mit einer üblen Laune angerufen."

„Oh, ich hoffe nichts Unangenehmes."

„Ich auch!"

„Was macht ihr heute?"

„Cleo sucht sich heute ihr Brautkleid aus!"

„Ihr werdet sie sicher gut beraten."

„Wir versuchen es, aber sie hat ihren eigenen Kopf!"

Antonia lachte fröhlich. Das liebliche Geräusch erwärmte Lucians Herz.

„Schaffst du es zur Hochzeit?"

„Klar! Das lasse ich mir doch nicht entgehen."

„Dann sehen wir uns an der Hochzeit."

„Antonia, ich vermisse dich.", platzte es aus Lucian heraus.

Eine unangenehme Stille entstand und Lucian fragte sich, ob die Verbindung abgebrochen war.

„Antonia?!"

„Ja. Ich vermisse dich auch."

Er hörte einen Seufzer am Telefon.

„Lucian, du warst nicht geplant."

Pause.

„Die Gefühle zu dir waren nicht geplant, aber sie sind da und … ich möchte ihnen auch eine Chance geben."

„Antonia, mir geht es doch genauso. Du bedeutest mir sehr viel und ich möchte nicht, dass es nur ein Urlaubsflirt ist. Aber die Situation ist für mich wahnsinnig schwierig."

„Ich möchte dich nicht von deiner Arbeit ablenken, so dass du in Schwierigkeiten deswegen gerätst."

„Darin liegt die Crux an der Sache, wie du gesagt hast. Wir waren beide nicht aufeinander vorbereitet!"

„Vielleicht können wir in Ruhe miteinander sprechen, wenn du wieder zurück in Vegas bist."

„Ja, unbedingt. Ach, bevor ich es vergesse - du hast mir den Stick gegeben."

„Und?", ihre Stimme klang alarmiert.

„Er ist verschlüsselt. Ich habe keine Ahnung was da drauf ist.", log Lucian.

„Ok, vielleicht kann Josh weiterhelfen."

„Das kann durchaus sein…. Antonia, kannst du, bitte, vorsichtig sein. Ich traue Sebastian nicht und die Sache mit dem Stick beunruhigt mich."

„Seit dem Einbruch bin ich auch vorsichtig und Josh und Kolja geben uns das Gefühl von Sicherheit. Dafür bin ich sehr dankbar. Trotzdem freue ich mich, wenn du wieder da bist."

„Ich kann es kaum erwarten, dich wieder in die Arme zu nehmen. Es tut mir leid, wie ich am Tag meiner Abreise reagiert habe."

„Wir sollten das abhaken. Lass uns an Cleo und Josh ein Beispiel nehmen, dass Liebe nicht planbar ist!"

„Absolut! Toni, ich bin am Ziel. Ich melde mich später noch einmal."

„Alles klar, lass dich von deinem Chef nicht ärgern."

„Bye."

***

Lucian stellte den Motor des Wagens ab und wunderte sich, ob er hier richtig war, oder das Navigationssystem ihn fehlleitete.

Die Umgebung war wenig anheimelnd. Ein verlassenes, baufälliges Gebäude in einem der ärmeren Stadtteile der Touristenmetropole. Er steckte das Handy ein, kontrollierte den Sitz seiner Dienstwaffe, als er Chief Villain um die Ecke des Gebäudes biegen sah. Erleichtert stieg Lucian aus dem Dienstwagen und ging auf seinen Boss zu.

***

Das Gefühl glich einem Tritt in die Eingeweide. Josh hatte erfolgreich die komplizierte Verschlüsselung der Daten geknackt und konnte nicht glauben, was er auf dem Stick entdeckte. Wieder und wieder las er die Angaben, bis die Zeilen vor seinen Augen verschwammen:

,*Steve Villain – Chief Inspector Interpol USA – Weitergabe von internen Informationen, Datenlöschungen – Kontaktaufnahme über Prepaidhandy - Barzahlung über Schließfach*'

Es gab tatsächlich einen Maulwurf! Chief Inspector Villain! Kein Wunder, dass er so scharf darauf war, immer auf neuestem Stand zu sein und der Stick, mit diesem brisanten Inhalt, ihm unter den Nägeln brannte! Ihr oberster Vorgesetzter hatte die Informationen an verkauft, verschachert – verraten! Mit wem steckte der Chief unter einer Decke?

Hastig wählte Josh Lucians Nummer. Es klingelte. Keine Antwort - das Handy seines Freundes blieb stumm.

***

Lucians Magen schmerzte, eigentlich schmerzte an seinem Körper alles. Mühsam öffnete er die Augen und fand sich an eine Säule gefesselt in einem verfallenen Gebäude wieder. Langsam begann sein Gehirn die Bilder der vergangenen Stunden zu rekonstruieren. Ein unfassbarer Verrat hatte ihn in diese Lage gebracht. Lucian war blindlings in eine Falle geraten, die sein Chief ihm gestellt hatte. Er hatte nichts davon geahnt, das ärgerte Lucian am meisten.

Ein stechender Schmerz durchfuhr ihn, als er tief Luftholte. Blitze zuckten vor seinen Augen und er drohte ohnmächtig zu werden. Lucian ahnte, dass er gebrochene Rippen hatte, die ihm Pernicieuxs Schlägertrupp zufügte. Chief Villain hatte zugesehen, wie sie Lucian zusammenschlugen und schließlich hier aufrecht an die Säule fesselten. Sie hatten ihn übel zugerichtet, doch ließen sie ihn am Leben. Der bleierne Geschmack von Blut füllte seinen Mund und ein getrocknetes Rinnsal verklebte seine linke Gesichtshälfte. Wütend zerrte Lucian an den Fesseln, doch sie zogen sich nur enger um seine Handgelenke und schnitten tief in die Haut. Er atmete sich durch den Schmerz und ordnete seine Gedanken.

Lucian sah Pernicieux mit dem Baseballschläger auf sich zukommen. Es war unfassbar, dass dieser weltmännisch wirkende Typ ein gefährlicher Verbrecher war.

„Mr. Gent, schön dass sie sich die Zeit für eine kleine Unterredung nehmen konnten."

„Ich habe mir die Zeit nicht genommen, sondern ich wurde in eine Falle gelockt."

Pernicieux sah Villain an, lächelte und nickte.

„Ein wirklich dummes Gefühl, hinters Licht geführt zu werden. Da stimme ich ihnen zu. Ich finde es allerdings sehr amüsant, dass sie davon nichts ahnten."

„Schön, wenn sie sich auf meine Kosten amüsieren, Mr. Pernicieux. Wenn sie nichts dagegen haben, würde ich es aber vorziehen, jetzt wieder zu gehen."

„Ach, Mr. Gent, sie sind ein sehr humorvoller Mann,", lachte Pernicieux sichtlich amüsiert.

„Sie wissen aber so gut wie ich, dass daraus leider nichts wird."

Mit der Geschmeidigkeit einer Raubkatze bewegte sich Pernicieux weiter auf Lucian zu.

„Lucian – ich darf sie doch Lucian nennen? Ihre kleine Freundin, hat etwas in ihrem Besitz, was eigentlich mir gehört. Ich spreche von einem USB-Stick, den dieser undankbare Knilch bei ihr versteckt hat."

Erst jetzt bemerkte Lucian, dass nicht unweit von ihm Sebastian von Jarau gefesselt saß. Das Gesicht war mit Hämatomen überzogen, die Lippe aufgeplatzt und dick geschwollen und an seiner Schläfe klaffte eine fiese Fleischwunde. Sebastian sah kaum aus seinen Augen so wulstig war die Haut darum.

„Lassen sie Antonia und ihre Freundinnen da heraus.", keuchte Lucian.

„Aber mein Lieber, das kann ich nicht. Wir werden Antonia einen Besuch abstatten und ihr das Video zeigen, wie der verblödete Ex-Mann und der neue Lover hier hübsch verschnürt sitzen."

Lucian sah den Schlag kommen. Pernicieux knallte den Baseballschläger mit voller Wucht gegen seine Rippen. Ein Knacken war zu vernehmen und Lucian japste nach Luft und der Schmerz durchzuckte seinen kompletten Körper. Lucian schloss gepeinigt die Augen. Bunte Punkte durchzuckten die Dunkelheit. Pernicieux drehte sich lachend zu Villain:

„Steve, ich gehe und ziehe mich mit meinen Leuten zurück. Du schließt hier ab und kümmerst dich um Mrs. von Jarau."

Fragen erfüllten Lucians Kopf und er wollte Steve Villain zur Rede stellen, doch der betäubende Schmerz ermöglichte ihm nicht einmal, die Augen zu öffnen und seine Stimme versagte seinen Dienst.

Nach einiger Zeit hörte Lucian Schritte, das Schleifen eines Stuhles über den unebenen Boden, Gemurmel, weitere Schritte – dann fiel eine Tür ins Schloss.

Ruhe umfing Lucian und er hörte sein Blut in den Ohren rauschen, dass Adrenalin durch seinen Körper pumpte. Wie kam er nur aus dieser Lage?

***

Perplex starrten Annrike und Antonia auf Josh und Kolja, die plötzlich im Brautladen standen.

„Josh, du darfst Cleo nicht im Brautkleid sehen, das bringt Unglück!", quiekte Annrike.

„Ich weiß! Braucht ihr hier noch lange?", war Joshs knappe Antwort.

„Nein, wir sind gleich fertig."

Antonia zog die Augenbrauen irritiert zusammen. Sie fühlte die Anspannung der beiden Männer. Hier stimmte etwas nicht.

„Wir warten gegenüber im Café!"

Mit diesen Worten machten die beiden auf dem Absatz kehrt und waren aus dem Laden.

„Hast du etwas von Lucian gehört?", schoss die Frage aus Kolja, noch ehe die drei Freundinnen am Tisch Platz nahmen. Das Lächeln und die Euphorie, über den erfolgreichen ‚Brautkleid-Kauf', verflog aus Cleos Gesicht.

„Ist etwas passiert?", fragte Antonia vorsichtig.

„Hat sich Lucian bei dir gemeldet?"

Antonia fühlte sich wie in einem Verhör.

Stammelnd begann sie zu antworten.

„Ja, ähm, heute Morgen."

„Wann genau?"

„Gegen 08.30 Uhr. Ich war auf dem Weg zum Frühstück."

„Was hat er gesagt?"

Irritiert blickten die drei Frauen auf Josh und Kolja.

„Was ist denn los?"

„Bitte, Antonia. Was hat Lucian gesagt? Habt ihr über seine Arbeit gesprochen?"

Antonias Herz begann unruhig zu pochen.

„Ist Lucian etwas passiert?"

„Das wissen wir nicht."

Annrikes Blick schoss zu Kolja.

„Wie? Das wisst ihr nicht? Was soll die Fragerei? Kolja Nikolajew, was ist hier verdammt noch mal los?"

Kolja strich sich frustriert durch sein kurzes blondes Haar, schüttelte den Kopf und seufzte laut.

„Toni, was hat Lucian gesagt? Ich verspreche, dass ich euch aufkläre, was los ist, aber wir müssen *jetz*t wissen, was er gesagt hat!"

„Er kommt zur Hochzeit und dass er am Morgen gleich einen Termin mit, oder bei seinem Chef hatte."

„Hat er erwähnt wo, oder wegen was der Termin stattfindet?"

Antonia hatte Josh noch nie so ernst und gleichzeitig besorgt gesehen.

„Nein, Lucian sagte nur, dass sein Chef ziemlich übel gelaunt angerufen hat, aber mehr weiß ich nicht."

Josh und Kolja standen auf und sahen in völlig irritierte und besorgte Gesichter, die nach Erklärung gierten.

„Danke, Antonia. Wir können euch hier in der Öffentlichkeit nicht mehr sagen. Wir treffen uns gleich in meinem Zimmer im Hotel, dann erfahrt ihr mehr!"

Mit diesen Worten verließen die beiden Männer das Café.

***

„Das war alles geplant? Das Treffen, das Flirten…!"

Bitterböse sah Annrike von Josh zu Kolja, der verzweifelt den Kopf schüttelte.

„Nein! Als sich Josh und Cleo kennenlernten, wussten wir nicht, dass ihr unsere Zielpersonen seid.", erklärte der muskulöse Agent.

„Wann habt ihr dann davon erfahren?", fragt Antonia mit leiser, verbitterter Stimme.

„Am Flughafen in Las Vegas erhielt Lucian dein Foto als Info, Antonia."

Sie nickte stumm,

„Ihr habt uns also benutzt, um an Informationen zu gelangen."

„Das war Teil unseres Jobs! Aber wir haben euch nichts vorgespielt, was die Gefühle angeht!"

Cleo stürzte sich aufgelöst in Joshs Arme.

„Du willst mich noch immer heiraten, oder?"

Liebevoll strich er ihr die Tränen fort.

„Ja, das will ich immer noch – mehr als alles andere!"

„Warum habt ihr nicht schon früher etwas gesagt?"

„Wir mussten unsere Tarnung aufrechterhalten!", verteidige Kolja das Vorgehen.

„Ihr habt uns belogen! Vor allem Lucian hat Antonia noch mehr vorgegaukelt, als ihr beiden Pappnasen!", wetterte Annrike böse.

„Antonia, du musst Lucian verzeihen.", bettelte Josh.

Traurig und ausgelaugt hob Antonia ihren Kopf und sah Josh an.

„Ich MUSS gar nichts, Josh!", mit diesen Worten wollte sie gehen, doch Kolja hielt sie am Arm fest.

„Antonia, Lucian wurde in eine Falle gelockt und wir befürchten das Schlimmste."

Erschrocken hielt sie in der Bewegung inne.

„Was meinst du?"

Kolja atmete schwer.

„Kurz zusammengefasst: Sebastian hat Pernicieux übers Ohr gehauen, deshalb will er sich an ihm rächen und hat ihn vor ein paar Tagen entführt. Chief Inspector Villain, unser Chef, steckt mit deinem Ex-Mann und Pernicieux unter einer Decke. Er hat von beiden Seiten abkassiert - Schmiergeld, Schweigegeld, das ganze Repertoire. Lucian ist verschwunden und wir vermuten, Villain hat ihn in eine Falle gelockt."

Erschrocken wurden Antonias Augen riesig. Auch, wenn sie wütend und enttäuscht war, hegte sie tiefe Gefühle für Lucian. Angst fraß sich durch ihren Körper und ließ sie erschaudern.

„Was meinst du mit ‚das Schlimmste'?"

Kolja senkte seinen Blick. Er konnte Antonia nicht sagen, zu was Pernicieux und die anderen fähig waren.

„Nein, Kolja!", entsetzt verdrängte Antonia die Vorstellung, dass Lucian etwas passiert war.

„Josh und ich vermuten, dass sich jemand bei dir wegen dem USB-Stick melden wird."

„Aber ihr habt doch dieses blöde Teil!", entfuhr ihr ein keifender Ton.

„Das ist richtig, aber weder Pernicieux noch Villain wissen das. Sie gehen davon aus, dass der Stick noch in deinem ‚alten' Zimmer ist, oder du ihn hast."

Überfordert ließ sich Antonia aufs Bett sinken.

„Und was bedeutet das? Ist Lucian noch am Leben? Und Sebastian?"

Kolja setzte sich neben Antonia aufs Bett und spürte Annrikes wütenden Blick auf sich ruhen.

„Wir haben unsere besten Leute angesetzt, um Lucians Handy zu orten, oder herauszufinden, wohin er heute Morgen gefahren ist. Wir können im Moment nur abwarten, Antonia."

„Sind – Lucian – und – Sebastian – noch – am - Leben?",
wiederholte Antonia ihre Frage betont und deutlich.

Kolja zuckte mitgenommen mit den Schultern.

Das war zu viel! Antonia stand auf und verließ ohne
Worte, ohne einen weiteren Blick das Zimmer.

Sie brauchte Abstand zum Nachdenken! Noch mehr
Drama in ihrem Leben, das war das Letzte was sie
bewerkstelligen konnte. Sie hätte auf ihr Bauchgefühl
hören sollen, dass hier etwas nicht stimmte. Es war von
Anfang an das seltsame Gefühl, das Misstrauen, dass sie
spürte! Antonia war empört über sich selber, dass sie
Lucians Aussehen und Charme erlegen war. Er hatte sie
angelogen, mehrmals! Sie fiel immer wieder auf die
Sorte Männer herein, die sie um den Finger wickelten
und dann hintergingen, belogen – ja, sogar den Tod
vortäuschten. Wütend stapfte sie zu den Aufzügen und
fuhr in die Hotellobby. Antonia wusste nicht wohin sie
wollte, aber sie musste sich abreagieren, um einen
klaren Gedanken zu fassen.

***

Unter normalen Umständen neigte Antonia nicht dazu, in Stresssituationen zu Alkohol zu greifen, doch jetzt war der Punkt erreicht, wo sie keinen anderen Ausweg mehr sah. Sie schob sich auf einen Hocker an der großen, buntbeleuchteten Zentralbar im Casino und bestellte sich einen Wodka auf Eis. Der attraktive Barkeeper schob ihr das Glas über den Tresen und versuchte ein Gespräch mit ihr zu beginnen.

„Bitte, seien sie mir nicht böse, aber ich habe keinen Nerv für Smalltalk. Ich möchte einfach hier in Ruhe sitzen.", erklärte sie ihm so freundlich wie möglich.

Er nickte und störte sie nicht weiter.

Antonia nippte an dem eiskalten, hochprozentigen Getränk und kippte dann einen großen Schluck hinterher, der sich augenblicklich in ihrem Magen wärmend ausbreite. Ihr Gedanken schossen wild durcheinander. Sie dachte an Lucian, seine Küsse und seine Berührungen und an grausige Wahrheit, dass sie für ihn ein Job war. Aber er hatte ihr erst heute Morgen gesagt, dass er mehr wollte, als einen Urlaubsflirt. Antonia war verwirrt, konfus und enttäuscht. Ihr Handy läutete in einer Tour und sie schaltete es auf stumm.

Genervt legte sie das Telefon neben sich auf den Bartresen. Sie brauchte keine Gesellschaft, auch nicht von Annrike, oder Cleo. Sie wollte einfach hier sitzen, sich in Mitleid suhlen und nachdenken.

„Mrs. von Jarau?"

Erschrocken zuckte sie zusammen. Ein Herr in den späten 50ern stand neben ihr. Er trug einen dunklen Business-Anzug und hatte ein charismatisches Auftreten.

„Bitte, entschuldigen sie, wenn ich sie einfach hier so überfalle, aber Lucian schickt mich."

Antonia wurde hellhörig und ein verdutzter, fragender Ausdruck erschien auf ihrem Gesicht.

„Und sie sind?"

„Mein Name ist Steve Villain. Ich bin Lucians Boss, oder Vorgesetzter. Ganz wie sie möchten."

Er lachte freundlich.

Antonia reagierte sofort alarmiert und sie erinnerte sich an Joshs Aussage, dass Villain ein Verräter war.

„Wo ist Lucian? Ist er nicht hier?", fragte sie geheuchelt liebreizend.

„Er bat mich seinen USB-Stick von ihnen zu holen und ihm mitzubringen", erklärte er mit selbstverständlicher Stimme.

Josh und Kolja behielten also recht. Der Mann, der vor ihr stand, wirkte freundlich, nett und harmlos. Doch Antonia wusste, dass er zu den Menschen der übelsten Sorte gehörte.

„Lucian braucht ihn jetzt? Er ist doch in ein paar Tagen zurück in Las Vegas!"

„Er möchte vielleicht die langweiligen Abende, allein im Hotel in L.A., dafür nutzen."

Antonia nickte und bedachte Villain weiter mit einem durchdringenden Blick.

„Ich war unterwegs und er bat mich dies für ihn zu erledigen.", fing er an sich zu erklären.

„Sind sie mit dem Flieger aus L.A. angereist? Lucian hatte heute Morgen doch noch einen Termin mit ihnen!"

„Genau, ich bin erst gerade vorher in Las Vegas angekommen und wollte den Gefallen für Mr. Gent als erstes erledigen, da sah ich sie hier sitzen...", brabbelte er.

Villain lachte künstlich, zunehmend nervöser und blickte sich im Casino um.

Antonia nahm allen Mut zusammen:

„Mr. Villain, wir wissen doch beide, dass dies nicht der Wahrheit entspricht und sie keineswegs der sind, für den sie sich hier ausgeben."

Sein Gesichtsausdruck veränderte sich augenblicklich und nahm einen fiesen, ja verschlagenen Ausdruck an.

„In Ordnung, Mrs. von Jarau. Da sie anscheinend mehr wissen, als vermutet, muss ich nicht um den heißen Brei herumreden. Wo ist der Stick."

„Sie haben ihre Agenten verraten, schämen sie sich! Sie haben Lucian in Gefahr gebracht! Wo ist er? Und wo ist Sebastian?", zischte Antonia.

Genervt schnaubte Villain, zog sein Handy aus der Tasche und gab es Antonia.

„Sie wollen wissen, wo Lucian ist ..."

Entsetzt schlug sich Antonia die Hand vor den Mund, als sie die Bilder sah. Blutüberströmt und gefesselt hing Lucian auf einem schäbigen, alten Stuhl. Eine große Wunde klaffte über seiner linken Augenbraue und seine wundervollen sanften Lippen waren geschwollen und aufgeplatzt. Tränen stiegen in Antonias Augen.

„Wo ist der Stick?", zischte Villain.

„Wenn sie den Stick bekommen, lassen sie Lucian frei?"

„So läuft es normal, oder Schätzchen!"

„Sagen sie noch einmal Schätzchen zu mir und ihre Eier bilden mit ihren Bronchien eine Symbiose, sie elendiger Kotzbrocken."

„Sachte, sachte, sonst sehen sie Sebastian und Lucian in vielen kleinen Einzelteilen wieder. Gleich zwei Männer, die wegen ihnen das Zeitliche segnen. Das wäre doch jammerschade! Also, S-c-h-ä-t-z-c-h-e-n, wo ist der Stick?"

***

Die Worte blubberten nur so aus Antonia heraus, als sie Josh und Kolja das Zusammentreffen mit Chief Villain schilderte.

„Die wollen nur den Stick und dann lassen sie Lucian gehen!"

Auf ihrem Gesicht bildeten sich vor Nervosität rote Flecken und sie gestikulierte wild mit den Händen.

„Dann geben wir ihnen den blöden Stick!", forderte auch Cleo vehement.

Doch die Blicke, die sich Josh und Kolja zuwarfen waren keinesfalls ermutigend.

„Ihr unterbrecht mich, wenn ich etwas Falsches sage, aber das wäre zu einfach und wird nicht funktionieren. Richtig?", warf Annrike ein.

Sie las es aus den Gesichtern der beiden Ermittler und stellte die ungeschönte Wahrheit in den Raum.

Kolja holte tief Luft, ehe er antwortete.

„Ja, das wäre zu schön, aber das wird so nicht passieren. Entschuldigt, wenn ich eure Vorstellung komplett zerstöre, aber bevor sie Lucian freilassen, bringen sie dich, Antonia, noch mit um. Du kennst die Gesichter, die Hintergründe – meinst du wirklich, dass sie dich so gehen lassen? Vor allem Pernicieux ist zu Dingen fähig, an die ich überhaupt nicht denken möchte."

Verzweiflung und Angst erfassten Antonia und sie schüttelte panisch den Kopf.

„Pernicieux wirkte im Casino so freundlich, so eloquent... Die Übergabe für den Stick erschien mir deshalb so leicht – so simpel."

„Auf Sebastian ist Villain gar nicht weiter eingegangen?", wollte Josh nun wissen.

„Doch, er ist wohl auch dort, wo Lucian festgehalten wird, aber genaueres weiß ich nicht."

„Aber, dann hätten unsere Leute mitbekommen müssen, wenn Lucian *heute* auch in die alte Lagerhalle gebracht worden wäre.", gab Josh zu bedenken.

„Sie hätten sicher eine Meldung abgegeben, wenn Villain und Lucian dort aufgetaucht wären.", nickte Kolja.

„Ich vermute, Sebastian wurde noch einmal woandershin gebracht und wir haben es nicht mitbekommen. Irgendwie haben sie es geschafft. Vermutlich mit Hilfe von Villain!"

Auf Koljas Stirn bildeten sich breite Denkfalten und er wirkte sehr besorgt.

Cleo nahm Antonia in den Arm und drückte sie fest.

„Toni, es tut mir leid, dass du das alles durchmachen musst. Nur wegen mir! Weil ich nach Las Vegas wollte!"

Die Traurigkeit in dieser Aussage zerriss Antonia fast das Herz. Sie sah die Tränen in den Augen ihrer Freundin und erinnerte sich daran, warum sie hierhergereist waren.

„Cleo, es ist nicht deine Schuld, sondern das Schicksal hat es so vorherbestimmt. Wenn das Alles vorbei ist, dann lachen wir darüber und können es nicht fassen, in was für eine skurrile Geschichte wir hineingezogen wurden. Mach dir, bitte, keinen Kopf! Wir haben schon so viel gemeinsam überstanden, dann wäre es doch gelacht, wenn wir diese Gauner nicht auch zur Strecke bringen!"

Antonia zwang sich zu einem Lächeln und drückte Cleo fest an sich. Doch die Angst fraß sich weiter unerbittlich durch ihre Eingeweide.

Josh war es unangenehm, diesen intimen und sentimentalen Moment zu unterbrechen, doch es zählte nun jede Sekunde.

„Früher, oder später wäre das Lügengeflecht um Sebastian zusammengebrochen. Euer Urlaub in Las

Vegas hat das Ganze nur beschleunigt.", begann er vorsichtig.

„Wie geht es nun weiter Antonia? Was hat Villain gesagt?"

Antonia drückte Cleo einen Kuss auf die Wange und hakte sich bei ihr unter, bevor sie auf Joshs Frage einging.

„Ich habe ihn angelogen, dass der Stick im Hoteltresor verwahrt wird und ich dementsprechend Vorlauf benötige, ihn zu holen."

„Ok."

„Villain hat mich gewarnt, wenn ich euch etwas erzähle, oder mit euch einen Plan aushecke, dass…", ihre Stimme versagte und eine Gänsehaut überzog ihre Arme.

Die Vorstellung widerte Antonia an.

„Dem Chief ist klar, dass du Hilfe bei uns suchen wirst. Oder, denkt er wirklich, dass wir noch nicht auf seine Gaunereien, sein Doppelleben aufmerksam geworden sind?"

„Es ist die Einschüchterungstaktik, die er fährt. Bei 50 Prozent klappt die Taktik, aber bei den anderen 50 Prozent eben nicht. Antonia, du hast völlig richtig gehandelt, uns sofort zu kontaktieren.", wertschätzte Josh Antonias Handeln.

***

„Möchtest du das Risiko der Übergabe eingehen?"

„Wenn ich Lucian und auch Sebastian damit helfe."

„Es klingt hart, aber über deinen Ex-Mann mache ich mir im Moment keine Gedanken. Mir, oder uns geht es rein um Lucian!", hob Josh entschuldigend die Schultern.

Antonia nickte traurig.

„Es geht nun darum, dich schnell und effizient auf die Übergabe vorzubereiten, ehe Villain sich meldet."

„Wir haben hier die neuesten Überwachungsgadgets, die Chief Villain noch nicht kennt. Sie wurden von uns die vergangenen Wochen getestet und funktionieren einwandfrei."

Die Verpackungen glichen Schmuckboxen, nur viel kleiner. Antonia sah Josh zu, wie er die erste schwarze Box öffnete.

„Das ist ein winziges Mikrofon, dass einen unglaublich klaren Ton liefert und in einer noch so kleinen Kleidungsfalte untergebracht werden kann. Und das hier", ein euphorisches Strahlen erschien auf seinem Gesicht, als er die zweite Schachtel hochhielt, „ist ein Peilsender."

So sehr sich die anderen auch anstrengten, sie sahen nichts. Erst als Josh vorsichtig den filigranen Streifen ins Licht hielt, der einem Klebeband glich, wurde der Sender sichtbar.

„Ich kann den Sender auf den Stick aufbringen und er wird einfach ‚unsichtbar‘, verschmilzt mit der Oberfläche des Speichermediums.“

„So können wir jedes gesprochene Wort mithören und sehen, wo du dich aufhältst.“, erklärte Kolja.

„Oder, wo sich der Stick aufhält.“, fügte Antonia trocken an.

Sie saß auf dem Bettrand und hielt auf der einen Seite Cleo, auf der anderen Seite Annrike an der Hand. Ihr Atem ging flach und in schnellen Zügen. Die Augen waren riesig und sie blinzelte aufgeregt.

„Ich weiß nicht, ob ich das hinbekomme.“, platzte es aus ihr heraus, sie schlug sich die Hand vor den Mund und rannte ins Bad.

***

Das Wasser des Waschbeckens rauschte mit dem Blut in ihren Ohren um die Wette, als sie sich den Mund ausspülte und mit dem kühlen Nass ihr Gesicht benetzte. Sie war schon in der Kindheit nie die Coole, die Agentin, oder Polizistin werden wollte. Antonia wollte ein hübsches, friedliches, romantisches Leben. Doch davon war sie, im wahrsten Sinne des Wortes, meilenweit entfernt. Der Boden schwankte unter ihren wackeligen Knien und sie gestand sich selber ein, dass sie Angst hatte. Angst vor den grausamen Menschen, Angst einen Fehler bei der Übergabe zu machen und zu versagen, doch vor allem hatte sie Angst, dass sie Lucian verlor. Für Sebastian empfand sie nicht halb so viel Empathie. Es war erschreckend, aber die Realität. Sebastian blieb für Antonia tot!

Sie schloss die Augen und fokussierte sich auf ihre Atmung. Langsam, ganz langsam verschwand das bedrückende Gefühl in ihrer Brust und der Herzschlag normalisierte sich. Entschlossen hob sie ihren Kopf und sah ihrem Spiegelbild in die Augen.

„Reiß dich zusammen, Antonia! Du willst glücklich sein, dann musst du diese Scheißsituation hinter dich bringen, sonst verfolgen dich die Geister der Vergangenheit immer weiter!"

Mit dieser Kampfansage an sich selber verließ Antonia das Bad und stellte sich dem, was in den nächsten Stunden auf sie zukommen würde.

***

Der Funktionstest des Mikrofons verlief einwandfrei und auch der Peilsender, mit dem der USB-Stick versehen worden war, funktionierte tadellos. Antonia zupfte nervös ihre Unterwäsche zurecht, in der das Mikrofon versteckt war. Hätte sie nicht gewusst, dass die soften Kissen ihres BHs damit manipuliert waren, hätte sie es nicht bemerkt.

Ihr Handy läutete.

Ein eiskalter Schauer lief über Antonias Rücken und sie blickte unsicher zu Kolja und Josh.

Ermutigend nickte Josh und Antonia nahm das Gespräch des unbekannten Anrufers entgegen:

„Mrs. von Jarau?"

Es war Villain.

„Ja-a."

„Sie werden in 10 Minuten von einem Fahrer am Haupteingang abgeholt."

„Aber, wie erkenne ich den Fahrer, da kommen so viele Fahrzeuge an."

„Wenn sie mich aussprechen lassen würden ..."

Antonia vernahm ein genervtes Schnaufen auf der anderen Seite der Leitung und einen kurzen Moment des Schweigens. Sie musste Villain hinhalten. Vielleicht konnte Josh so seinen Standort ermitteln.

„Also noch einmal: Sie werden in 10 Minuten von Pernicieuxs Fahrer am Haupteingang abgeholt, der ein Schild mit ihrem Namen in der Hand halten wird."

„Steigt der Fahrer aus? Oder liegt es auf dem Armaturenbrett? Hängt es irgendwo leserlich im Auto?"

„Meine Fresse – sind sie so dämlich? Er wird außen am Fahrzeug stehen und das Schild in der Hand halten."

„Ich frage doch nur! Ich kann ihn also nicht übersehen?"

„Nein!"

„Und wenn doch?"

„Glauben sie mir sie werden ihn nicht übersehen!"

„Aber..."

„Nichts – aber! Tun sie einfach was ich ihnen sage!", erklang ein wütender Chief Villain.

„Mrs. von Jarau, sollte ich auch nur den kleinsten Hinweis bekommen, dass sich Nikolajew, oder Gabriel irgendwie in die Übergabe einmischen, dann können sie sich von Lucian direkt verabschieden, haben wir uns verstanden!"

„Ja.", presste Antonia hervor.

Sie vernahm ein klicken in der Leitung und das Gespräch war beendet. Flehend sah sie zu Josh, der schnell und konzentriert auf seiner Tastatur tippte, nach wenigen Sekunden jedoch enttäuscht mit dem Kopf schüttelte.

„Fuck! Villain ist nicht umsonst Chief. Er kennt jeden Trick, sich unter dem Netz zu bewegen und nutzt sein Wissen nun natürlich schamlos aus. Er verwendet ein Prepaid Handy, das ich nicht nachverfolgen kann."

„Du konntest den Anruf nicht orten?", fragte Kolja.

„Keine Chance!", frustriert schmetterte Josh seine leere Wasserflasche in die Ecke.

„Dann bleibt uns nur die Möglichkeit, den Stick zu übergeben.", erklärte Antonia mit einer stoischen Bestimmtheit.

„Ihr habt gesagt, ihr passt auf mich auf – dann vertraue ich euch!"

Mit diesen Worten verließ Antonia Joshs Zimmer.

***

Krampfhaft lagen Antonias Finger um den USB-Stick. Sie wusste nicht, ob sie stark genug war, die Situation zu überstehen. Magensäure stieg empor und verursachte schmerzhaft Sodbrennen. Sie fühlte, wie sich enorme Schwitzflecken auf dem dunklen Stoff ihres T-Shirts ausbreiteten, doch das war ihr egal! Antonia wollte, dieses Drama einfach hinter sich bringen.

Die Luft stand heiß und drückend zwischen den alten, schäbigen Gebäuden, als Antonia mit wackeligen Knien aus dem Auto glitt. Sie hatte die Gewissheit, dass Kolja und Josh in der Nähe waren. Das winzige Mikrofon, dass in ihrer Unterwäsche angebracht war und der Peilsender gaben ihr zusätzliche Sicherheit. Doch das furchtbare Gefühl, dass in ihr steckte und durch ihre Knochen kroch, begann Antonia zu erdrücken. Es war wie die Krallen eines wilden Tieres, die sich unerbittlich durch die Hautschichten fraßen.

Gut gekleidet, mit dem Namensschild in der Hand hatte der ‚Chauffeur' am Hotel auf sie gewartet. Er fiel unter den anderen Shuttle-Transporten überhaupt nicht auf.

Keiner der anderen Hotelgäste wurde stutzig, als Antonia auf die Rückbank des schwarzen SUVs rutschte.

Panisch hob und senkte sich Antonias Brustkorb und sie hatte Angst zusammenzubrechen. Doch da wurde sie von dem Fahrer am Arm gepackt und er schob sie unsanft um das hässliche Gebäude, zu einer massiven Eingangstür.

Antonia bemerkte einige bullig aussehende Männer, die sich unweit des Gebäudes aufhielten und mit wachsamen Augen die Umgebung abcheckten. Die Waffen in den Händen der Männer trugen nicht unbedingt zu Antonias Beruhigung bei, doch sie musste Josh und Kolja einen Hinweis darauf geben.

„Pernicieux fürchtet wohl um sein Leben, wenn er hier so viele seiner Männer antreten lässt.", stellte sie trocken fest und hoffte, dass das Mikrofon funktionierte. Die Antwort ihres Fahrers war lediglich ein unverständliches Gemurmel und Genuschel.

Die Tür ging auf und Pernicieux stand vor Antonia.

„Mrs. von Jarau, schade, dass wir uns unter diesen Umständen wiedersehen."

Er reichte ihr die Hand und Antonia kam immer noch nicht mit dem Gedanken klar, dass dieser Mann eine Bestie sein sollte. Villain stand etwas abseits und sein Gesichtsausdruck ließ keine Zweifel darüber, dass er Antonia nicht traute.

„Hast du sie untersucht, ob sie verkabelt ist?", blaffte er den Fahrer an.

„Wann hätte ich das machen sollen? Am Hotel? Wäre ja wohl zu auffällig gewesen!"

Beste Freunde schienen die beiden nicht zu sein und der Fahrer gehörte eindeutig zu Pernicieuxs Leuten.

„Carl, vielen Dank. Wenn du dich, bitte, um die Absicherung des Gebäudes kümmerst."

Pernicieux legte dem Fahrer, der Carl hieß, vertrauensvoll die Hand auf die Schulter und schickte ihn nach draußen.

„Steve, du übernimmst den Check, ob Mrs. von Jarau verwanzt ist. Schließlich hast du das entsprechende Equipment. Außerdem möchte ich nicht, dass du so mit meinen Männern sprichst. Haben wir uns verstanden?"

Kleinlaut nickte Villain und nahm ein kleines Gerät zur Hand, dass mit diversen Leuchtioden versehen war, die blinkten. Antonia rutschte das Herz in die Hose. Wenn der Detektor nun anzeigte, dass sie ein Mikrofon trug und auch der USB-Stick präpariert war, dann war das ihre Todeserklärung. Josh hatte beteuert, dass die Utensilien nicht bei den herkömmlichen Detektoren anschlugen, doch was war, wenn Villain bereits einen Apparat auf neuestem Standard verwendete? Schweiß trat auf ihre Stirn und sie fühlte Adrenalin pulsierend durch ihre Adern wabern.

***

Die Anzeige des Gerätes blieb stumm und neutral, beim ersten Scan und auch beim zweiten Mal.

„Nichts!", erklärte Villain mit einem fast enttäuschten Unterton.

„Sehr gut! Sie sind eine intelligente Person, Mrs. von Jarau. Daher habe ich auch gar nichts anderes von ihnen erwartet."

Antonia kämpfte damit, sich die dramatische Erleichterung nicht anmerken zu lassen. Leise ließ sie die Luft entweichen, die sich heiß und quälend in ihren Lungen vor Anspannung gesammelt hatte.

„Wollen wir zum geschäftlichen Teil kommen? Sie müssen entschuldigen, dass wir keinen gepflegteren Ort für die Übergabe vorgeschlagen haben, aber wir wollten sicher gehen, dass sie den Ernst der Lage verstehen, meine Liebe. Chief Villain hat ihnen ja schon das Foto gezeigt, dass Lucian Gent in einer, sagen wir, etwas unschönen Situation präsentiert. Und leider muss ich auch sagen, dass sich ihr Ex-Mann in einem nicht viel besseren Zustand befindet."

„Bringen sie mich zu den beiden!"

„Wenn sie das unbedingt möchten…"

Pernicieux deutete mit einer galanten Handbewegung auf die nächste Tür und Antonia schritt darauf zu, drückte die Tür auf und fand sich im nächsten Raum mit ihrem Ex-Mann und Lucian konfrontiert.

Beide Männer waren schrecklich zugerichtet und auf uralten, hölzernen Stühlen gefesselt. Die Luft war bleiern in dem niedrigen Raum, der früher wohl als Abstellkammer, oder Vorratsraum diente. Die winzigen Fenster waren verschlossen und nur durch die geöffnete Tür trat ein leichter Luftzug. Schweiß stand Sebastian und Lucian auf der Stirn und riesige Schwitzflecken durchdrangen ihre Kleidung. Bei diesem Anblick erstarrte Antonia in ihrer Bewegung.

„Was haben sie nun mit Sebastian und Lucian vor, Mr. Pernicieux?", presste sie hervor.

Während dieser Frage sah Antonia wie Villain zuerst zu Lucian trat und die Fesseln überprüfte und dann das gleiche Prozedere bei Sebastian durchführte.

„Das liegt bei ihnen, Mrs. von Jarau. Wenn sie mir den Stick übergeben, dann würde ich mich sogar auf einen Deal einlassen, weil ich ihren Mut bewundere."

„Und wie sehe der Deal aus?"

Pernicieux antwortete nicht sofort, sondern sah auf die beiden Gefangenen.

„Mrs. von Jarau, ich kann verstehen, dass sie ein berechtigtes Interesse an der Befreiung dieser beiden Männer haben, doch ehe wir näher auf den Deal eingehen, möchte ich ihnen eine Tonbandaufnahme vorspielen."

„Was soll das für eine Aufnahme sein?"

„Geduld, meine Liebe."

Mit ruhiger Hand griff Pernicieux in die Innenseite seines dunklen Jacketts und nahm sein modernes Mobiltelefon heraus. Er tippte auf dem Display herum und reichte Antonia schließlich das Handy.

„Wenn sie auf die Play-Taste drücken ..."

Unsicher sah Antonia zuerst auf Pernicieux, dann auf Villain, dessen Mund zu einem schäbigen Grinsen verzogen war. Schließlich startete sie die Aufnahme.

***

„Natürlich habe ich mich auf den Flirt eingelassen! Durch ihre Attraktivität war es bedeutend einfacher, doch war ich immer auf den Fall fokussiert. Wenn sie also denken, sie können mich mit Antonia erpressen, dann kann ich nur darüber lachen. Diese Frau bedeutet mir Nichts!"

Antonia hörte die Worte, doch blieben sie ohne Sinn. Sie fühlte das Blut aus ihrem Gesicht weichen und sie begann am ganzen Körper zu zittern. Sie konnte dieser Aussage keinen Glauben schenken.

Stumm reichte sie Lèon Pernicieux das Handy zurück.

„So meine Liebe, sollten sie also irgendeine polizeiliche Befreiungsaktion für Lucian Gent geplant haben, würde ich es mir noch einmal überlegen. Wie es scheint waren sie nur Mittel zum Zweck."

Da waren sie wieder, diese schrecklichen Worte – Mittel zum Zweck. In Antonias Kopf drehte sich alles.

Pernicieuxs verächtliches Grinsen setzte dem ganzen noch die Krone auf.

„Wenn sie mir nun den Stick geben."

„Nein, ich möchte einen Austausch!"

Antonias klare Stimme hallte durch das leere Gebäude.

Der weltweit gesuchte Verbrecher tippte mit seinem langen Zeigefinger gegen seine schmalen, energischen Lippen und überlegte.

„Antonia, gib ihm den Stick und geh!", vernahm Antonia aus Lucians Richtung.

Ihr Kopf fuhr herum und sie blickte den Agenten böse an.

„Das musst du schon mir überlassen! Ich bedeute dir nichts – also lass mich in Ruhe!"

Lucians Mimik verriet Traurigkeit, aber auch Zorn. Langsam senkte er seinen Kopf.

„Mrs. von Jarau, Sebastian kann ich nicht gehen lassen. Mit ihm habe ich noch eine Rechnung offen. Wenn sie möchten, können sie sich aber von ihm verabschieden, bevor er jetzt dann *wirklich* stirbt."

Fassungslos schlug sich Antonia die Hand vor den Mund.

„Sie sprechen über den Tod, als wäre das ihr Tagesgeschäft!"

Schallendes Gelächter war Pernicieuxs Reaktion.

„Ach, meine Liebe sie sind so erfrischend und treffen den Nagel quasi immer auf den Kopf."

Verdutzt legte sich Antonias Stirn in Falten, ehe sie verstand. Auf der Agenda ihres Gegenübers war Tod, bzw. Mord wirklich Tagesgeschäft. Ein kalter Schauer lief ihr über den Rücken, als ihr klar wurde, dass der eloquente Herr tatsächlich das Böse in Person war.

„Ich will sie ja nicht drängen, aber wenn wir langsam aber sicher das hier beenden könnten."

Er blickte auf seine teure, goldene Uhr, als ginge es um einen Autokauf, den er zum Abschluss bringen wollte.

Langsam und zögernd trat Antonia auf Sebastian zu:

„Sebastian, du Spinner! Wieso hast du Alles aufs Spiel gesetzt? Warst du mit unserem Leben nicht glücklich?"

Ihr Ex-Mann schüttelte den Kopf.

„Toni, du musst mir verzeihen, ich hätte mit dir sprechen sollen, Ich war unzufrieden und habe es versaut!"

Das erste Mal seit langem, klang diese Aussage ehrlich und aufrichtig.

„Geh Antonia, solange Lèon dich gehen lässt!"

Sebastian lächelte müde und gequält.

Antonia bückte sich und küsste ihn vorsichtig auf die Wange.

„Ich habe dich immer geliebt, Sebastian. Aber das hier, hast du dir selber zu zuschreiben!"

Tränen strömten über ihr Gesicht, weil sie Sebastian ein zweites Mal verlor.

Villain stand unbeeindruckt hinter von Jarau und zog eine gelangweilte Schnute.

„Mrs. von Jarau, es liegt nun an ihnen, ob Lucian hierbleibt, oder ob er mit ihnen geht. Überlegen sie es sich gut."

„Du kannst ihn doch nicht einfach gehen lassen!", mischte sich Villain ein.

„Das ist immer noch meine Entscheidung, Steve."

Verärgert trat Villain gegen ein Stück Holz, das am Boden lag und dumpf gegen die Wand knallte.

„Es reicht! Hör auf dich wie ein beleidigtes Kind zu benehmen, sonst bin ich mit dir auch gleich fertig!", erhob Pernicieux seine autoritäre Stimme.

Chief Villain hob entschuldigend, ja abwehrend die Hände, doch seiner Mimik sah man den Trotz eindeutig an.

„Also, Mrs. von Jarau?"

Antonia wandte sich an Lucian.

„Du hast mich schamlos ausgenutzt! Ich bedeute dir N-I-C-H-T-S! Wiederhole diese Aussage und sag mir das ins Gesicht, Lucian!"

Unvermittelt erfüllte ein lauter Knall den Raum und Antonia zuckte erschrocken zusammen. Es dauerte, ehe sie das Geräusch zuordnen und lokalisieren konnte.

Sebastian stand ohne Fesseln vor seinem Stuhl, hatte eine Pistole in der Hand und hatte diese soeben verwendet.

Aus Pernicieuxs Richtung war ein Röcheln zu hören, im nächsten Moment ein dumpfer Aufprall und der hochgewachsene Mann lag auf dem schmutzigen Boden. Seine weit aufgerissenen Augen starrten leblos in eine Richtung und aus seinem Mund rann ein feiner Blutfaden und vermischte sich mit dem alten, grauen Staub, der sich in dicken Flusen auf dem Beton verteilte. Entsetzt biss sich Antonia auf die Unterlippe und schmeckte sofort die bleierne Flüssigkeit ihres Blutes. Der Aufschrei blieb ihr im Halse stecken.

„Gib mir den Stick, Antonia.", ordnete Sebastian an und Antonias Blick schoss zu ihrem Ex-Mann, der sich selbstsicher vor ihr aufbaute.

Sie schüttelte den Kopf und straffte ihre Schultern. Fast schützend positionierte sie sich zwischen Sebastian und Lucian.

„Antonia, du sollst mir den Stick geben."

„Nein!"

Sebastians Augen funkelten wütend und sein Ton wurde schärfer.

„Antonia, ich sage es das letzte Mal! Du sollst mir den Stick geben!"

„Und ich sage dir, dass ich das nicht tue."

„Was bettelst du die blöde Bitch an, erschieß sie, das werden wir sowieso tun!", plärrte Villain dazwischen.

„Das ist meine Angelegenheit, Steve.", keifte Sebastian zurück.

Doch da war Villain in wenigen Schritten bei Lucian und hielt ihm die Waffe an den Kopf.

„So, S-c-h-ä-t-z-c-h-e-n, gibst du uns jetzt den Stick, oder willst du zusehen, wie dein Lover qualvoll dahinsiecht?" Mit einem groben Schlag knallte die Waffe gegen die Schläfe des gefesselten Agenten.

„Nicht!", schrie Antonia.

„Steve, lass den Scheiß!", mischte sich Sebastian ein.

„Auf welcher Seite stehst du eigentlich?", starrte Villain Sebastian giftig an und fuchtelte mit seiner Waffe in der Luft.

„Du weißt, dass ich auch den Stick möchte und an unserer Abmachung festhalte, aber ..."

„Was aber? Du hast noch Gefühle für deine Ex! Ist es das?"

„Und wenn?"

Die beiden Männer starrten sich aufgebracht in die Augen, nur wenige Zentimeter voneinander entfernt.

„Bist du bescheuert? Sie hat sich von meinem Agenten vögeln lassen, obwohl sie wusste, dass du noch am Leben bist."

Diese Worte trafen Sebastian hart. Sein Gesichtsausdruck wirkte mit einem Mal wie versteinert. Nüchtern, ja fast hölzern wandte er sich wieder an Antonia.

Er ertappte sie dabei, wie sie mit zitternden Fingern hektisch und verzweifelt versuchte, Lucians Fußfesseln zu lösen. Doch nun flog ihr Plan auf, weil der Disput zwischen Sebastian und Villain verstummte.

Es klatschte laut, als Chief Villains flache Hand Antonias Gesicht traf und sie rückwärts taumelte, strauchelte und hinfiel.

„Antonia!", erklang es fast einstimmig von Lucian und Sebastian.

Tränen rannen über das Gesicht der hübschen Frau und sie hielt sich erschrocken und verängstigt die geschlagene Wange.

Sebastian reichte ihr die Hand und half ihr zurück auf die Füße. Er wischte sanft die Tränen fort und hätte fast seinem Drang, sie in den Arm zu nehmen, nachgegeben. Doch Antonia schubste ihn energisch fort.

„Das ist, was du willst? Mord? Gewalt?"

Ihre blauen Augen durchbohrten ihn wütend.

Sebastian senkte schicksalsergeben seinen Blick und er schüttelte langsam und starr den Kopf.

Ein zweiter Schuss zerbarst die unerträgliche Unrast!

Villain hatte in die Luft geschossen und auf Lucian rieselte feiner Staub aus der Decke hernieder, in der die Pistolenkugel einschlug.

„Bist du bescheuert?", schimpfte Sebastian.

„Wir haben keine Zeit mehr für eure Gefühlsduseleien. Pernicieuxs Männer werden nicht ewig im Auto warten, sondern bald stutzig werden."

„Das ist auch deine Schuld, wenn du hier durch die Gegend ballerst."

„Du vergisst, wem du verdankst, dass DU noch am Leben bist, du kleines Arschloch!"

Kalt und unheilvoll hallte Villains Stimme durch den Raum und er konnte seine Emotionen nicht im Zaum halten.

Wütend trat er gegen Lucians Stuhl und die morschen Holzbeine gaben nach. Gent kippte zur Seite und schlug hart mit dem Kopf auf den Boden.

„Lucian!"

Tränen schossen erneut in Antonias Augen und sie kniete sich hinab, um nach Lucian zu sehen. Im nächsten Moment fühlte sie einen heftigen Schmerz, verursacht durch Steve Villain, der sie erbost an ihren langen Haaren über den Boden zog.

„Gib mir den Stick, du blöde Schlampe."

„Lass Antonia in Ruhe!", brüllte Sebastian und stürzte sich auf seinen vermeintlich Verbündeten.

Villain lockerte den Griff in Antonias Haar und sie brachte sich vor ihm in Sicherheit.

Es entstand ein Gerangel, eine Rauferei zwischen Sebastian und dem wütenden Chief. Der niedrige Raum war erfüllt von Stöhnen, von dumpfen Schlägen, zerreißender Kleidung, knackenden Knochen und dann ertönte ein fürchterlicher, unbeschreiblicher, gedämpfter, patschender Laut.

An Villains Brust färbte sich das Hemd augenblicklich rot und auf seinem Rücken durchnässte ein riesiger Fleck den Stoff seines Jackets und breitete sich in Windeseile aus.

Steve Villain sank tot zu Boden! Der aufgesetzte Schuss ging direkt durchs Herz. Entsetzensvoll senkte Sebastian die Hand mit der Mordwaffe.

***

Lucian sah Antonia völlig verängstigt, zitternd in seiner Nähe kauern. Er war immer noch an den dämlichen Stuhl gefesselt und konnte sich nicht bewegen. Stattdessen musste er zusehen, wie sich Sebastian an Antonia wandte. Das Bild des einst attraktiven Geschäftsmannes war schaurig. Villains frisches Blut überdeckte die eingetrockneten Flecken seiner eigenen Wunden und seine Hände zeugten vom geschehenen Verbrechen. Widerlich glänzend schimmerte die rote Farbe auf seiner Haut und haftete als Beweismittel an ihm und der Pistole. Wirre Augen suchten Antonias Aufmerksamkeit:

„Antonia, gib mir den Stick!"

Apathisch griff Antonia in ihre Hosentasche und warf Sebastian den Stick vor die Füße.

Von Jarau machte Anstalten noch etwas zu sagen, doch entschied er sich dagegen, bückte sich und hob recht umständlich den USB-Stick auf. Plötzlich flog die Tür aus den Angeln, Holzsplitter regneten prasselnd hernieder und Koljas Stimme hallte klar und erlösend durch den Raum!

„Hände hoch!"

Weitere Polizisten drängten, bewaffnet bis an die Zähne, hinter Kolja herein und sicherten die Lage.

„Legen sie die Waffe langsam auf den Boden! Treten sie fünf Schritte zurück…"

Die Handschellen schlossen sich um Sebastians Handgelenke und er wurde von zwei Polizisten abgeführt. Antonia war sich sicher, dass er seine gerechte Strafe bekam. Sie verspürte kein Mitleid, im Gegenteil, es war fast Erleichterung, die sich in ihr ausbreite. Das Kapitel Sebastian war für sie endgültig abgeschlossen.

***

Kolja löste Lucians Fesseln und half seinem Freund auf die Füße.

„Danke, Kolja."

„Das war in letzter Sekunde!"

„Pernicieuxs Männer?"

„Die haben wir festgenommen. Darum dauerte es auch, bis wir hier eingriffen. Die Typen waren leider nicht sehr kooperativ. Einer unserer Männer wurde angeschossen und ist schon auf dem Weg ins Krankenhaus. Ich hoffe, die Kugel kann ohne Probleme entfernt werden."

„Ich bin blindlings in die Falle gelaufen."

Lucian zog enttäuscht eine Grimasse.

„Mach dir keine Vorwürfe, das konnte keiner von uns ahnen, dass Villain der Maulwurf ist, bzw. war."

Betroffen sahen sie auf die inzwischen abgedeckte Leiche des Chief Agents.

„Ich kümmere mich um Antonia. Wir sprechen später, Kolja."

Lucian deutete besorgt auf die blasse Frau, die sich mit einem Polizisten unterhielt. Ihre panischen Augen ruhten auf den Leichensäcken und sie biss nervös an ihren Fingernägeln.

„Antonia…"

Der Polizist trat zur Seite und machte Lucian Platz, doch Antonia wehrte sein Näherkommen mit einem Kopfschütteln ab.

„Lass mich!"

„Toni, bitte."

„N-E-I-N!", überschlug sich ihre Stimme.

Jeder Atemzug brannte höllisch in seiner Lunge, jeder Knochen und jeder Muskel stach quälend bei jedem Schritt, doch ihre Zurückweisung schnitt in sein Herz wie ein Schwert. In Lucian stieg die Befürchtung auf, dass er Antonia verloren hatte. Es lag an dieser schrecklichen Tonbandaufnahme, die alles zerstörte. Wie konnte er ihr nur erklären, dass er diese Aussage zu ihrem Schutz getätigt hatte! Warum sollte sie ihm noch einmal Gehör schenken? Er wusste, dass Antonia eine vernünftige und respektvolle Person war und sie vielleicht nur etwas Zeit brauchte. Lucian schuldete ihr eine Erklärung, doch wollte er sie nach diesen furchtbaren Geschehnissen nicht bedrängen Deshalb bat er Kolja, Antonia von hier fort zu bringen.

Lucian fühlte Schmerz. Tiefen, erbarmungslosen Schmerz, als er die beiden das Gebäude verlassen sah und Antonia ihm keinen Blick, kein Wort des Abschieds schenkte.

Das Gespräch mit der Polizei Psychologin hatte Antonia geholfen, die Bilder der blutigen Auseinandersetzung nicht zu dicht an sich heran zu lassen. Doch ihr wurde auch klar, dass sie sich in Deutschland dringend Hilfe suchen musste, um mit sich selber, dem Geschehen um Sebastian und letztendlich auch Lucian, ins Reine zu kommen.

Sie hielt ein Taschentuch krampfhaft umklammert und auch, wenn sie sich bemühte, der Trauungszeremonie aufmerksam zu folgen, drifteten Antonias Gedanken immer wieder in eine andere Richtung. Sie riss sich zusammen und lächelte Cleo liebevoll an, die in ihrem zarten, elfenhaften Brautkleid wunderschön aussah und mit Josh um die Wette strahlte. Antonia fühlte Lucians Blick, doch sie vermied den Kontakt. Seit gestern Abend suchte er das Gespräch mit ihr, doch sie wollte allein sein.

„... erkläre ich sie zu Mann und Frau! Sie dürfen die Braut küssen!"

Applaus brachte Antonia in das Hier und Jetzt zurück und sie schloss sich halbherzig dem Jubel an.

***

„Könnt ihr glauben, dass es morgen wieder nach Hause geht?"

„Verrückt! Ich finde es schön, dass dieser, nennen wir es, außergewöhnliche Urlaub mit eurer spontanen Hochzeit einen wunderschönen Abschluss findet."

Annrike hob ihr Glas zu einem Toast auf das Brautpaar und die Gläser klirrten fröhlich beim anschließenden Anstoßen. Cleo und Josh saßen verliebt und glücklich am Kopf des Tisches und genossen ihren Abend. Viele Details rundeten ihren Tag hier, in dem wundervollen Restaurant, ab. Angefangen vom eindrucksvollen Blumengesteck auf dem Tisch, ein deliziöses Menü und die enorme Flasche Champagner, die als Hochzeitsgeschenk vom Restaurantleiter überreicht wurde. Diese Flasche wurde nun nach und nach geleert und bescherte eine gelöstere Stimmung. Deshalb wagte Lucian nun einen erneuten Versuch, sich mit Antonia auszusprechen.

„Toni.", leise erklang seine Stimme.

Sie ignorierte ihn. Aus dem Augenwinkel sah Antonia, wie er von seinem Platz, ihr gegenüber, aufstand und um den Tisch trat.

Er legte seine Hand auf ihre Schulter.

„Antonia, können wir, bitte, reden."

Die anderen vier sahen zu Lucian und Antonia, so dass ihr keine andere Möglichkeit blieb, sich seinem Wunsch zu beugen. Sie wollte Cleos Tag nicht mit einem Streit zerstören.

Mit einem kratzenden Geräusch schob sie ihren Stuhl zurück und stand auf. Antonia verließ den Tisch und ging Richtung Terrassentüren des Restaurants. Erst als sie das Geländer erreichte, welches den künstlich angelegten See von der Restaurantterrasse trennte, drehte sie sich um. Herzklopfen und Nervosität kochten in Antonia hoch, als sie Lucian auf sich zukommen sah. Der mitternachtsblaue Smoking schmiegte sich an seine muskulöse Statur und er bewegte sich wie ein Raubtier, dass seine Beute verfolgte. Antonia lehnte sich aufgeregt an die weiße Marmorbalustrade, reckte ihr Kinn in die Höhe und signalisierte eine selbstbewusste, trotzige Haltung.

Interessiert sahen einige andere Besucher auf das attraktive Paar und wendeten sich dann wieder ihrem Abendessen, bzw. den Cocktails zu.

Die Beleuchtung des Restaurants schimmerte im Wasser des Sees und bildete mit den intensiv duftenden Blüten der unzähligen Pflanzen eine romantische, schwermütige Atmosphäre. Lucian wirkte gelassen, doch innerlich war er an der Grenze seiner Nervosität angelangt. Das wurde auch nicht besser, als sich Antonia provokant an die Balustrade der Terrasse lehnte und der hohe Schlitz ihres dunkelblauen Kleides einen Teil ihres langen Beines freigab. Im Gegenteil, dieser Anblick steigerte nur noch Lucians Unruhe.

Es vergingen einige Minuten des Schweigens, ehe Lucian sich ein Herz nahm:

„Danke, dass du mir die Möglichkeit zu einer Erklärung gibst."

Nervös biss Antonia wie so oft an der Innenseite ihrer Wange herum. Lucian strich vorsichtig mit dem Zeigefinger über ihre Unterlippe und trat einen Schritt näher an sie heran. Er sah, wie sich ihr Brustkorb erregt hob und senkte und fühlte ihre Anspannung.

„Wie geht es dir nach diesen furchtbaren Ereignissen? Hat dir das Gespräch mit der Psychologin geholfen?"

Antonia nickte, doch sofort tauchten die schaurigen Bilder von Blut und Gewalt wieder vor ihrem inneren Auge auf. Sie glaubte immer an das Gute im Menschen, doch diese Einstellung wurde während dieses Urlaubs in ihren Grundfesten erschüttert. Selbst ein bodenständiger, aufrichtiger Mensch wie Sebastian wurde durch den lüsternen Duft von Macht und Reichtum zu einem Verbrecher und Mörder.

Es war aber nicht der Verlust, der Antonia extrem zusetzte, es war viel mehr Enttäuschung, die sie zerfraß. Die Luft war schwer und die Spannung, die in ihr schlummerte fast unerträglich. Da platzte es aus Antonia einfach heraus:

„Warum hast du dich mir nicht anvertraut? Warum hast du mir nicht gesagt, dass du bei Interpol bist?"

Ihr Blick zeugte von Verletztheit und Frustration.

„Ich weiß es nicht, Antonia. Es gab für mich nicht den passenden Moment. ... Ich hatte Angst vor deiner Reaktion, vor den intensiven Gefühlen, die ich dir gegenüber so schnell entwickelte."

Distanziertheit klang aus ihrer Stimme, als sie auf Lucians Erklärung reagierte.

„Ich denke, wir haben uns nur etwas vorgegaukelt, was unsere Gefühle angeht. Es war eine schöne Geschichte, die ebenso wie eure Identitäten, eure ausgedachten Berufe, in den Plan passte."

„Nein, Antonia."

„Ich denke schon, Lucian. Deshalb konntest du *das* auch gegenüber Pernicieux so konkret formulieren."

„Du sprichst von der Tonbandaufnahme, die er dir vorgespielt hat."

Sie nickte.

„Das hatte nichts mit meinen Gefühlen zu tun!", betonte Lucian.

„Du hast gesagt, dass ich dir nichts bedeute."

Da waren sie wieder, diese unglaublich schmerzlichen Worte, die Lucian so viel Kraft gekostet hatten, sie auszusprechen und die Antonia quälend und beißend in die Seele schnitten.

Antonia hob ihre langen Wimpern und ihre traurigen blauen Augen trafen auf Lucians verzweifelten, flehenden Blick.

„Ich möchte, dass du verstehst, dass es zu deinem Schutz war."

„Was macht das für einen Unterschied, Lucian?"

„Ich denke, einen riesigen, Antonia."

Wie konnte er nur seine Beweggründe in Worte fassen, wo er fühlte, dass sie jegliche Erklärungsversuche an sich abprallen ließ.

Antonia befeuchtete ihre Lippen mit der Zungenspitze und stemmte ihre Hände in die Hüften.

„Lucian, ich denke wir krallten uns an den Wunsch nicht mehr allein zu sein und einen Partner zu finden."

Seine Stirn legte sich in Falten und Lucian schüttelte irritiert den Kopf.

„Nein! Ich habe mich in dich verliebt, Antonia."

„Unsere Beziehung begann mit einer Lüge und würde auf dieser Basis weitergehen. Morgen fliegen Ann, Cleo und ich nach Hause. Es ist Zeit, dass ich mich erst einmal auf mich konzentriere. Ich möchte nicht noch mehr Drama, Lügen und eine nervenzerreißende Beziehung."

„Du möchtest keinen Kontakt mehr."

„Für uns beide ist es wichtig, uns der Realität und dem normalen Leben zu stellen. Ich muss mich damit abfinden, dass du nicht der bist, für den ich dich gehalten habe und du musst auch erst herausfinden, ob es wirklich Zuneigung ist, die du für mich fühlst, oder nur eine verquere Abhängigkeit, um an Informationen zu gelangen."

Ihre Arme sanken herab und sie wirkte plötzlich unendlich müde. Lucian griff nach ihren Händen und küsste ihre Handknöchel.

„Ich gebe dir gerne die Zeit, herauszufinden, was du möchtest, was du brauchst, um glücklich zu sein. Aber ich werde dich nicht aufgeben, Antonia. Es waren die schlimmsten Worte, die Gefühle zu dir zu verleugnen! Sehe es als Drohung, oder als Versprechen, ich werde immer für dich da sein!"

Zurück in Deutschland

***

Die Therapie half Antonia, ihr Leben zu ordnen. Die blutrünstigen Erinnerungen an die getöteten Männer verblassten und Antonia verstand, dass es nicht ihre Schuld war, dass Sebastian zum Verbrecher wurde. Sie verarbeitete in den Sitzungen auch ihre Gefühle zu Lucian und definierte, was Glück für sie bedeutete. Es war nicht immer angenehm, sich den bohrenden Fragen der Psychologin zu stellen und noch weniger, sich der ungemütlichen und drastisch analytischen Meinung zu stellen. Doch langsam kehrte das Selbstbewusstsein zu Antonia zurück und sie fand mehr und mehr zu sich selbst und stellte sich dem Leben.

Annrike und Cleo flogen einige Male in die USA und im Gegenzug besuchten Josh und Kolja auch Deutschland. Dieses Glück und Unbeschwertheit waren allerdings zur Vergänglichkeit verdammt. Die Wochen und Monate vergingen zu schnell. Cleos Zustand wurde zusehends schlechter. Der Krebs fraß sich durch die kämpfende Frau und sie wussten, dass das Schicksal unabwendbar war. Josh wich Cleo bald nicht mehr von der Seite und erfüllte ihr jeden Wunsch.

Annrike und Antonia nutzten jede Sekunde, um Zeit mit Cleo zu verbringen. Aus lustigen Treffen, wurden Gespräche, aus Gesprächen wichtige Erinnerungen und aus Erinnerungen erwuchsen Tränen der Trauer.

***

Der Moment des Abschieds war gekommen:

Cleo Gabriel - Hoffmeister

* 20.05.1981
✝ 22. 11.2021

Der Tod schließt den Lebenskreis. Erinnerungen und Dankbarkeit öffnen ihn wieder.

In stiller Trauer:

Josh Gabriel
Marga und Klaus Hoffmeister
Antonia von Jarau
Annrike Liebhoff mit Kolja Nikolajew
Im Namen aller Verwandten und Freunde

Trauergottesdienst:
Samstag, 27.11.2021, 10 Uhr,
Pfarrkirche St. Quirin
anschließend Urnenbeisetzung
im engsten Kreis

Im Sinne der Verstorbenen unterstütze man
„Die Deutsche Kinderkrebsstiftung"!

***

Es war später Nachmittag, als Antonia noch einmal an Cleos Grab zurückkehrte. Der Raureif hielt sich wacker auf den letzten Blättern an den Bäumen und den Grasspitzen. Die Sonne ließ die Welt schimmern, aber erwärmte die Luft nicht mehr. Antonia war froh über ihren warmen Mantel und zog den kuscheligen, schwarzen Stoff noch enger um ihren müden und vor Kummer abgemagerten Körper. Erst jetzt gab sie ihren Tränen freien Lauf. Die vergangenen Stunden hatte sie sich zusammengerissen, doch nun, hier allein, gab sie ihren Empfindungen nach.

Sie fühlte seine Anwesenheit, noch ehe sie ihn sah.

Leise knirschten die Kiesel, als Lucian zu ihr trat.

„Woher wusstest du, dass du mich hier findest?"

„Annrike hat mir den Tipp gegeben."

„Greifst du nun zu solch trivialen Mitteln, anstatt einen deiner Kollegen auf mich anzusetzen?"

Ihre Stimme klang zynisch und schmerzerfüllt.

„Toni, bitte!"

Er griff nach ihrer Hand, doch Antonia entzog sie ihm in einer hastigen Bewegung und drehte ihm im gleichen

Moment den Rücken zu. Sie konnte seine Anwesenheit nur schwer ertragen. Seine Nähe brachte all die Gefühle wieder an die Oberfläche, die sie die letzten Wochen verdrängt und unterdrückt hatte, weil dafür keine Zeit und kein Platz war.

„Ich kann nicht noch mehr Schmerz bewältigen, Lucian. Ich habe einen der wichtigsten Menschen verloren, eine meiner Stützen im Leben, Freundin und Ratgeberin. Jetzt tauchst du hier auf, der unberechenbare und ungeplante Part in dem ganzen Chaos ..."

„Ich verstehe dich, Antonia und habe die letzten Monate unendlich viele Gedanken gemacht. Du hattest recht! Unser Kennenlernen war geplant, aber meine Gefühle dir gegenüber nicht. Ich war auf dich nicht vorbereitet! Ich konnte meinen Job nicht einfach seinlassen, zu viel hing an diesem Fall. Glaub mir, ich bin nicht darauf stolz, dass ich dein Vertrauen, deine Offenheit mir gegenüber so missbraucht habe."

Lucian vergrub hilflos die Hände in den tiefen Manteltaschen und schüttelte frustriert den Kopf.

„Was sollte ich tun? Was hättest du getan?", fragte er mit leiser Stimme.

Er zog seine Hände aus den Taschen des dunklen Wollmantels und griff nach ihren Schultern.

„Antonia, bitte!"

Die pure Verzweiflung drang aus diesen zwei Worten.

Sie stand mit hängendem Kopf da und Lucian war froh, dass sie die Berührung zuließ, nicht davonlief.

Sie war nur noch ein Schatten ihrer selbst, völlig abgemagert und ihre strahlenden, blauen Augen lagen dunkel in den Höhlen. Langsam hob sie ihr Gesicht und blickte ihn an.

„Lucian, ich habe keine Lust mich hier, an Cleos Grab, mit dir zu streiten, oder über das Geschehene zu diskutieren. Ich habe ehrlich gesagt auch keine Kraft mehr dazu."

Lucian sah ihre Trauer, ihren Schmerz und sein Herz zog sich qualvoll zusammen, weil er ihr nicht helfen konnte. Er legte seine Hände an ihre Wangen und fühlte ihre weiche Haut. Für einen kurzen Moment schloss Antonia ihre Augen und genoss seine Berührung, die ihr so fehlte und ihr Trost spendete.

Schweigend verharrten sie einige Minuten und die Sonne tauchte Cleos Grab in ein weiches goldenes Licht.

Antonia zog ein Taschentuch aus dem Mantel und putzte sich die Nase.

„Lass uns ein Stück gehen.", bat sie leise.

Langsam gingen sie über den breiten, angelegten Weg des Friedhofes. Sie passierten einige Personen, die sich gedämpft unterhielten, sich um die Gräber der geliebten Angehörigen kümmerten, oder still ein Gebet sprachen. Ein Schleier von Trauer und Endgültigkeit lag über diesem sonst so friedvollen Ort.

Vor einem Grab mit einer großen, weißen Engelsstatue blieb Antonia stehen und gab ihren Gefühlen und Gedanken freien Lauf.

„Ich habe mich so nach dir gesehnt, Lucian, dass ich dachte, ich werde wahnsinnig. Verzweifelt habe ich versucht mein dämliches Herz auszuschalten und meinem Verstand die Oberhand zu gewähren. Doch je mehr ich dies versucht habe, desto mehr habe ich mich nach dir gesehnt."

Die tiefgründige Traurigkeit in ihrer Stimme gewährte Lucian einen Blick in ihre Seele und er fühlte die Qualen, die in ihr tobten. Die Therapie und die Gespräche mit der Psychologin halfen Antonia, die Emotionen in Worte zu fassen und jetzt mit Lucians Gegenwart stellte sie sich der simplen Wahrheit.

„Ich habe Cleo versprochen, glücklich zu sein."

Lucian zuckte zusammen. Er fürchtete die Konsequenz, die sich auch dieser Feststellung ergeben würde. Wollte sie ihn aus ihrem Leben streichen?

„Antonia, …", flehte er.

„Lass mich ausreden, Lucian."

Ihr dominanter Tonfall überraschte ihn und er schwieg.

„Wenn ich daran denke, wann ich das letzte Mal richtig glücklich war, dann denke ich an die Zeit in Las Vegas mit dir. Ich kann mich nicht gegen das stellen, was mich glücklich macht und das bist DU! Es wird einige Zeit dauern, bis ich mich wieder voll und ganz auf dich einlassen kann und bis das Vertrauen wieder so hergestellt ist, aber ich möchte uns diese zweite Chance geben."

Er konnte es nicht glauben! Hastig zog er Antonia in eine feste Umarmung.

„Ich hätte mit allem gerechnet, aber nicht damit. Ich wollte heute einfach für dich da sein, auch wenn du meine Nähe nicht zugelassen hättest, aber ich wäre in deiner Nähe gewesen. Ich wünsche mir eine Zukunft mit dir, Antonia. Denn auch ich habe Cleo etwas versprochen – dich glücklich zu machen!"

Ein winziges Lächeln erhellte ihr blasses Gesicht.

„Dann haben wir beide ein Versprechen einzulösen!"

Vorsichtig fanden sich ihre Lippen und der sanfte Kuss verlieh dem Ort der Trauer einen Hoffnungsschimmer, den Funken eines Neubeginns.

ENDE